金铜花瓣

真言题

程文胜◎著

金盾出版社

内 容 提 要

《金铜花瓣》精选一百多首当代军旅诗歌，分"强军号角""战旗如画""士兵宣言""红军制造""生活微光""春天的歌唱"六个专辑，触角深入新时代强军兴军的滚滚洪流，抵达我军由弱到强的历史纵深，探寻红色基因的赓续传承，描绘普通士兵的生活点滴，歌唱中国梦强军梦的辉煌成就。诗作注重在诗性的表达中展现思想锋芒，在场景的再现中丰富现场层次，从人文的角度阐释军人的家国情怀，从生活日常中提炼浓浓的兵味，回应了"为什么战旗美如画""谁是当代最可爱的人"等一系列时代问答，充满催人奋进、促人向上的时代精神，体现了一种中国式军事文学的美学风范。

图书在版编目（CIP）数据

金铜花瓣 / 程文胜著 . —北京：金盾出版社，2024. --

　　ISBN 978–7–5186–1800–2

　　I . I227

中国国家版本馆 CIP 数据核字第 2024BH8126 号

金铜花瓣
JINTONG HUABAN

程文胜　著

出版发行：金盾出版社

地　　址：北京市丰台区晓月中路 29 号

邮政编码：100165

电　　话：（010）68276683

　　　　　（010）68214039

印刷装订：廊坊一二〇六印刷厂

经　　销：新华书店

开　本：850mm×1168mm　1/32

印　张：10.375

字　数：150 千字

版　次：2024 年 7 月第 1 版

印　次：2024 年 10 月第 2 次印刷

印　数：1501 ~ 4000 册

定　价：68.00 元

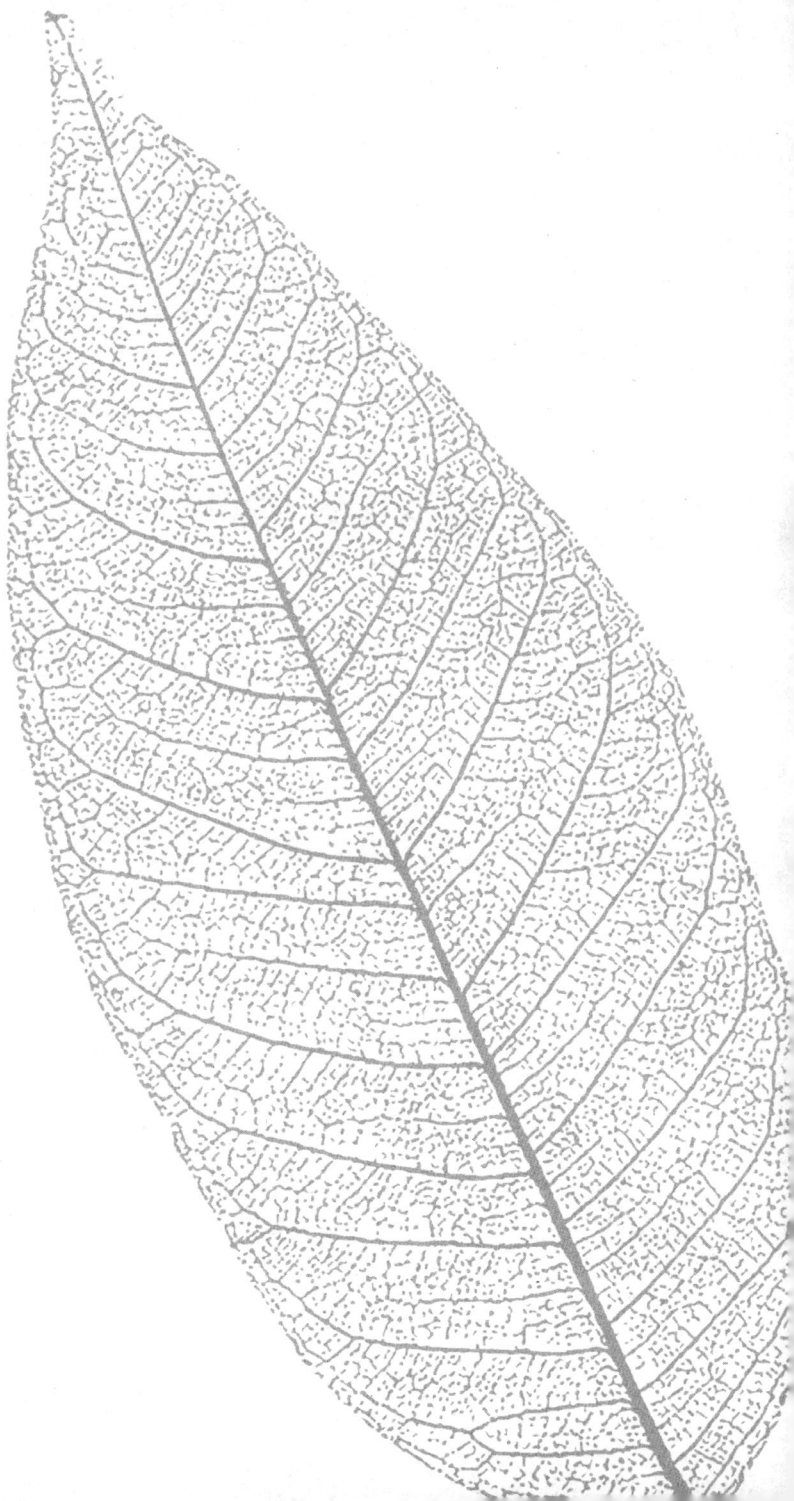

序

刘笑伟

（军旅诗人、第八届鲁迅文学奖诗歌奖获得者）

从哪里开始写起呢？从花儿吧。斑驳的记忆中，31年前的阳光，照进位于南京市萨家湾中山北路305号的一栋古色古香建筑物的拱顶。阳光继续散射，照进一间教室。教室里，一位略显成熟的学员在桌上铺开宽展的八开稿纸，写下了一部中篇小说的标题：野菊花。是时，阳光四溢，野花芬芳，教室顿感金碧辉煌。

望着这宽展的八开稿纸，我低头看看自己的只有十六开的稿纸，心中略有些渺小之感。这位在八开稿纸上潇洒地写着快意情仇的人，就是学员十五队二区队长程文胜。彼时，我们都是解放军南京政治学院军事新闻系的学员。南政新闻系是一个藏龙卧虎之地。

学员入学前，都要有作品发表。有写作基础好的，如程文胜，已有多部中篇小说发表，特别是在军中名刊《昆仑》上，刊发了中篇小说《民兵连长》。又听说，该学员入学前就在总参系统小有名气，在重庆参加过总参系统的文学笔会，与大名鼎鼎的莫言等有过良好互动交流。这让血气方刚、只认实力的我们，暗自心生敬畏与羡慕之情。那时，南政新闻系流行"大特写"，不少学员围绕着国家、社会的大事小情，捕捉故事，抒发情感，在全国报刊中刮起了一股"大特写"旋风。但于我而言，对于纯文学的尊重是高于"大特写"的，因此对程文胜的尊重是高于其他学员的。

回到《野菊花》。记得当时对这部中篇小说的感觉是，构思奇巧，文笔流畅，叙事很有节奏。《野菊花》作为写作课的作业上交了，得到了我们新闻系教写作的盛沛林教授的激赏。记得盛教授写了满满两页纸的批语（一页似乎不足以表达赞扬），让我们艳羡不已。南京是一座具有文化韵味的古城。我们住的宿舍都是受到重点保护的民国时期古建筑。穿过幽深的走廊，一间宿舍出现在记忆中。打开门，右手边是一个上下铺：上铺是我，下铺是程文胜——他的诗集为什么找我写序言，因为我是他"睡在上铺的兄弟"。

军校时光是短暂的，也是无限精彩的。至今，我们的文章里，还充斥着大量对年少轻狂时种种趣事的描述。遗憾的是，我们不能穿越时光，回到那个无忧无虑的年代。花儿为我们搭起了一座回忆的桥梁。中篇小说《野菊花》的发表，对于我们来说也算是一个不大不小的文学事件。事实上，程文胜一直在文学上居于我的"上游"，无论是质量上还是数量上。军校毕业后，我南下去了驻香港部队，文胜则回到北京。他在解放军报社工作了一段时间，留下不少新闻、文学类作品。调入军委机关后，又为开国上将写过传记，甚至还写过电影剧本，也出版了多部著作。文胜早就写诗，无论新体还是旧体，都颇得缪斯的青睐，信手拈来却诗意盎然。我说过，在我们学员队里，我的诗才是比不过文胜的。这绝不是我的自谦之词，而是从内心里涌动出来的结论——如泉水一般自然。

我们毕业已快三十年了。三十年间，常有"人生交错、动如参商"之感，亦常有"今夕何夕、共此烛光"之叹。有幸的是，我们最终还在一个城市，还经常能叙一叙旧，聊一聊天。文学是很少聊到的话题。正如当年的野菊花一样，我只能依稀回想起它的香气，却从未正面去探讨过。我想，文学就像是一种疫苗，一旦打过了，你或许从未感知到它的存在，但它又时时刻刻陪伴着你，直到有一天，它在你的躯体内慢慢苏醒过来，你全身的每一滴血液中，每一处心跳间，每一个细胞里，都会有它的存在。是的，文学，特别是诗歌，是一种防止对生活和心灵失去感知的疫苗。你打过这种疫苗之后，心会变得柔软，感觉也会变得敏锐，你的生活将不会了无兴趣，你的眼里将"常含泪水"。近两年来，在文学上沉默已久的文胜仿佛突然"苏醒"过来——他重又焕发了诗人的活力，写出了大量优美动人的诗作。这些诗作，有的在中国革命史中探寻历史的幽微与独特的感悟，有的在现实军旅生活中找到诗思，从而描绘出新时代强军兴军的壮丽图景。这些诗作，仿佛是金铜色的花瓣，盛开在军事文学的沃野中，散发着浓烈的芬芳，放射出独特的光芒。

写到这里，又写到了花儿——金铜花瓣，从野菊花到金铜花瓣，一路留下的是文胜文学的印记。是的，一个人一生中会留下很多印记，而能够在工作上创造出辉煌业绩，又在业余生活中留下自己心灵印记的，其实并不多。而诗集《金铜花瓣》与众多其他文学作品一起，让文胜二者可以兼得。这就是文学的魅力，这就是诗歌的力量。"黑太阳轧过麦海的时候／他们会从土地深处一跃而出／一只只渗血的草鞋在枪刺上翻飞／赤脚下黄金遍野如潮水般涌动／号角彻空／响遏行云／漫天金铜花瓣照亮整个山谷"……

行笔至此，我想起了 1995 年毕业时，我们有一本"留给未来的记忆，架起友谊的桥梁"的《毕业纪念册》。我从书柜的底层把它找出来，拂去上面的灰尘，翻开尘封已久的画面，文胜在"纪念册"上给我的留言出现了，实录如下：1. 三年来说了不少啦。2. 不知还能留下多少。3. 你在上铺，我在下铺。4. 马上就要分开了。5. 见面会常有的。6. 好像还该说些啥。7. ……算了。人生总会有意犹未尽之处，当年的留言，——得到了岁月的验证。留言的旁边是文胜当年留下的一幅黑白照片。照片上方是"新闻十五队"的牌匾。背景是中国式的飞檐翘角与西式富丽堂皇交织在一起的厚重建筑——我们的宿舍位于原国民党政府"交通部"院内。

令我惊异的是，照片上，我们宿舍大门的左侧有一束耸立着的没有颜色的花。这束花到底是什么花？它到底是什么颜色？或许每一位同学的记忆中都会有自己的答案。对于我来说，它就是金铜花瓣，在应该出现的时刻出现，在应该放射光华的时刻放射光华。它那黄金般的色泽，带着沁人心脾的幽香，照耀着我们人生的每一个夜晚。

目　录

第一辑　强军号角

第二辑　战旗如画

第三辑　士兵宣言

第四辑　红军制造

第五辑　　生活微光

第六辑　春天的歌唱

附　录　吹角连营

谋兵未来战场

闪电机群呼啸而过

大国重器直刺苍穹

铁甲方阵

莽昆仑的静默与沸腾

士兵，我的兄弟

回望的眼神

枪刺一样犀利

沙场秋点兵

阳光和金属的质感

让一场未来的战争

真实逼近

那一刻，我忽然愧为书生

忽然渴望哪怕变成一颗击发的子弹

宁鸣而死

不默而生

我的生活没有钢枪

没有蛇形移动

没有凌空敏捷的跳跃和呐喊

相比戈壁深处的迷彩森林

我更熟悉鼠标和按键

熟悉目标、参数、态势、沙盘

我是一名战略参谋

在和平年代的机关里

我以另外一种方式亮剑

值守、处置、研判、胜算

和孙子孙膑对话

静观战争迷雾在时代的天幕中

时隐时现

我从沙场归来

实战对抗让我变得冷静客观

于是，让谋略隐形

角力无声无息

比肩强敌对手

从历史的尘埃中坦然起步

穿过太阳花丛低垂的密林

踏浪南中国海的浩瀚烟波

飞越中国的世界和世界的中国

然后，缝制一个包裹

重新计量一份火药的当量

填充六韬、三略、尉缭子

塞进战争论、暴力论、长征记

系上雪山草地飘扬的鲜红丝带

当然还有新时代的思想引信

当信息化的能量蓄势待发

我毅然点燃、引爆

让和平积弊的沉渣碎片

在寥廓的星空

纷纷扬扬

我是一名战略参谋

身在兵位

胸为帅谋

在强军兴军征途上

我将秉持新时代军人的操守

忠诚担当

谋战备战

瞄准未来战争的广阔疆场

不用歌唱声厉兵秣马

只在忧患中枕戈待旦

刺杀练习

突刺——刺

枪刺撞击风 吼声震荡风

风过之处

虚拟战场的前前后后

刺刀见红

恰如野狼环伺

草原猎人马刀飞舞

握枪双手的爆发力

速度激情的方向感

棱形锐刺的银亮轨迹

肌肉记忆

让简单动作化为本能

信心的线条一次次加粗

一朵朵罂粟花

在阳光下败落

刺刀见红

红是战旗的颜色

炉火的颜色

鲜血的颜色

当那一天来临

枪刺上的每一点红

都将闪耀荣誉的亮光

突刺——刺

冲　锋

磨刀石，砥砺刀锋

也消解废铁

恰如士兵需要战争磨砺

需要熔炉淬炼

剔除杂质 传承基因

让血如钢水沸腾

骨架如钢锭坚韧

对峙的眼神

如焊接的弧光寒冷

形如金刚的血肉之躯

隐藏柔软的部分

老班长埋伏于高地

咀嚼一根等待的草茎

冲锋之前

轻轻吐出大地的汁液

喂养一只在弹药木箱上

缓缓爬行的蜗牛

然后从堑壕 一跃而出

狙击手

标尺、准星、目标，三点一线

构成因果关系

选择一粒子弹证实

就像解答春天孕育生命

于是草长莺飞虫鸣

一旦隐藏 便如子弹压进枪膛

黑洞洞深不可测

一生的能量皆被压缩被禁锢

蓄势待发 深藏不露

如同巨大的手掌在背后猛击

爆发点紧迫急促

膛线旋转，如野马飞扬的鬃毛

给子弹以加速度

让一次冷峻的奔跑

获得更持久的力量和方向感

能否一击而中

击发瞬间就已确定

面对对手 我的意志坚如磐石

如一只静候在林边的苍鹭

目光炯炯

孔雀开屏

如九曲黄河穿峡入谷

铁甲洪流千里奔袭

青铜峡，沙雪狂舞

青春的迷彩蜿蜒迤逦

战场之门訇然洞开

制胜天地如此辽阔

扫描，从头到脚

青春的血肉之躯

振荡热血奔腾

作战靴次第起落

让雪花豪情四溢

青春的疾风冲向战位

从扳机撤离的手指

子弹一样在键盘上跳跃

战场迷雾隐现

态势虚幻而又真实

幽蓝之光点亮智慧

胜战意志穿越钢铁穹顶

如长河孤烟

扶摇直上九万里

出击，履带飞旋

战车伪装闪烁草木光辉

宛如一只威武的孔雀

骤然开屏

炮弹呼啸而出

彩色的尾焰

如同一根根炫彩的翠翎

戍边战士

千里黄云白日曛

黄沙隐去铁甲滚滚

万马奔腾

钢盔、墨镜、遮盖口鼻的脸

壁立千仞的挺立

迷彩伪装的哨位背景

如史诗、如油画、如雕塑

灰蒙蒙，黄澄澄

青春的轮廓棱角分明

手，一只红扑扑的手

如此醒目而清晰

遒劲如伸展的树根

鲜艳似跳动的火苗

这双手的红色

让我一眼认出边陲的亲人

远隔千里 他们怀抱钢枪的姿势

如同拥抱战友兄弟

誓言无悔 无所畏惧

坦克抢滩

百炼成钢绕指柔

铁甲柔软

驰骋于风浪

流线型躯体

滚圆硬核气壮如奔牛

履带飞旋

如故乡水车悠悠

操控杆紧随眼神凝视

家国天下尽在心头

一旦突击

全部柔软瞬间凝固

恰似奔涌岩浆注入海水

热浪翻滚血性

轰隆隆！火焰的舞蹈

推动钢铁意志

碾压一切障碍

凌空呼啸

一击而中

备战标兵

越野、泅渡、射击

高原、峡谷、海滩

一双结出硬茧的"铁脚板"

如履平地

和平竞技的体力阈值

不能突破生理极限

新质战斗力却在制胜意志里

催生转型

嵌入红色基因

重新优化组合

每根制胜神经元如藤蔓

千丝万缕植入指控平台

无人机升空

疆域无限如阳光下的海

指尖信息流如潮头鸥鸟跳跃

看不见的帆影显形

青纱帐里的战争迷雾

瞬间在新域作战空间弥漫升腾

我是新时代备战标兵

每一天的精心操练

都是未来战斗的真实预演

舰长的晚餐

训练归航，妻子准备好饭菜

胃口大开

如同审视波谲云诡的海

餐桌是作战沙盘

小碗米饭是离岸之岛

空心菜如三角旗帜的流苏

黄花鱼是护卫舰

紫菜排骨汤里沉浮着潜艇

航空母舰是一大盘红烧肥鲤鱼

附着的蒜瓣是舰载机

火红的辣椒是机翼下的导弹

异国色彩斑斓

气势咄咄，来者不善

吃掉它！一声断喝

筷子和刀叉举起

动作迅捷，目光炯炯

钳形攻击左右开弓

一口口大快朵颐

这是一场奇异的未来战争

舰长，我的舰长

风卷残云，意犹未尽

特拉法尔加广场的狮子

穿过特拉法尔加广场

阳光被鸽群扑腾得凌乱

大英美术馆的高大立柱

肃立如抢劫归来的持枪绅士

一张张僵硬灰色的脸

不敢直视我东方的眼睛

美术展厅分割成一个个世纪

不同颜色的艺廊

让一个个世纪大师邂逅

烟草麦田鸢尾花

飞翔的鸟和丝绸的皱褶

家族的荣耀和历史的烟尘

宗教的光芒和人世的悲悯

那些世纪画作完好无损

画布至今游走着画家的手指

跳动的笔触

飞溅着的油彩和汗珠

但大师的画作里没有风

没有羽毛落在窗台的亮光

没有水壶嘴吐出的丝丝水汽

没有香水的味道

没有粗重的鼻息

没有我骄傲的人生和命运

站在特拉法尔加广场

狮子雕塑沉默无言

那些狮子不是东方舞狮

它们爪牙锋利体魄健硕

曾经踏上紫禁城的高墙深院

现在它如宠物看着我

目光顺从

三块弹片

银河号、炸馆、撞机

三块绝非意外的弹片

凌空刺入我的身体

深嵌于胸腔之骨

阻滞血管，压迫神经

隐隐的痛经年累月

每到特定的日子

彻骨的痛痛彻心扉

难以呼喊的屈辱和隐忍

流成仰望英灵的愧疚泪珠

我热爱和平

如同千千万万善良的人

但是，三块罪恶的弹片

时刻警示一个亘古不变的道理

生于忧患，死于安乐

没有别的选择

在四月的天空里

在五月的陆地上

在七月的海风中

在每一个平凡的日子

我磨炼意志、本领和体魄

让太阳火焰

熔化我，弹片也将化为钢水

在热血中淬火

让我重新成为子弹

洞穿阴谋之甲

反噬一切邪恶

此刻，我一生所有的心愿

只汇成一个声音

强军，强军，强军！

海疆卫士

钢铁战车涂装海魂迷彩

阳光与海浪

环绕我，抵近我，荡涤我

挡浪板前伴飞海鸥

蓝色海面一望无际

目标方位精准

金色炮弹

随膛线的意念延伸

胸怀比大海更辽阔

我从大山深处走来

蜿蜒溪流与羊肠小路交错

牛羊踏蹄与山雀和鸣

质朴生活的依恋和边界

浓缩我平凡的少年

是祖国告诉我

每一个弱小都在孕育强大

大江，大河，大海

绿水青山之外

海上升起明月

大地牵挽着美丽岛屿

月光清澈如童谣

辽阔海疆

是我挚爱的珍藏

沐浴朝霞，目送晚霞

在繁星下欣赏渔舟归港

信仰镌刻于战旗

热血倾注于铁甲

战车轰鸣如骏马扬蹄

惊涛骇浪如履平地

迷彩服

从不拒绝

雨水、血污、泥泞

当然包括硝烟炮火

它

以草木斑斓

包裹战争与和平

城市与边关

高耸入云的塔吊与滚滚铁甲

建设者和我的战友

同时选择大地的时装

青松一样顶天立地

胡杨一般历尽沧桑

汗水丰沛

绿树成荫

枝头盛开奇异的花朵

一抹红

青藏线上的兵

脸上都有一抹高原红

那是太阳涂抹的颜色

是莽莽高原

留给坚守者的特殊印迹

日夜奋战江城的医护人员

脸上也有一抹红色

当摘除口罩的一刹那

渗血的鼻梁和面颊

火一样直刺人心

那是与病魔搏击的伤痕

是生命对生命的承诺

是坚持再坚持的誓言

我把它叫做长江红

那红如傲霜之梅

鲜得让人不忍直视

也让人止不住的

阵阵心痛

武装越野

五千米不是终点

速度、耐力和意志的阈值

抵达才见分晓

抢占高地

谋兵布阵

赋予体能以战斗属性

士兵出击或隐蔽

如同山巅盯上猎物的雄鹰

气场和势能在热风中震荡

一旦展翅

锐不可当

移动目标

告别固定胸环靶

去滩头、山地

去丛林、建筑群

去模拟实战真实环境

前方或后背

目标总是意外显形

选择匕首或枪口

应激反应成为本能

一招制胜

千锤百炼的生铁

变成士气如虹的枪阵

青春的热血奔涌

信仰的子弹呼啸

一身绚丽的迷彩军服

在冰天雪地里

迎接新年的春风

红蓝对抗

一百零七只黑色按键

如士兵列阵

每张坚毅的面孔

都印有我温暖的指纹

显示屏，洞穿世界的眼睛

面向我，引导我

在看不见的战场上

排兵布阵

灯光与彻夜的风包围我

散热器发出丝丝蜂鸣

隐秘的动机，行动的轨迹

犬牙交错的态势

鼠标穿针引线

模糊的思路瞬间清晰

出击，一串指令脆如鼓声

如士兵跃出堑壕

战斗想定出奇制胜

如同那年的军犬、战马

电脑也加入战友序列

信息流与神经耦合

不会让我失去血性

当豺狼近在身前

它将恐惧我手中的利刃

兵棋推演

战争生长于虚拟空间，呼吸如风

如春之风，夏之风，秋之风，冬之风

如天外之风，垄上之风，深渊之风，幽冥之风

如飞雪之风，泉响之风，湖开之风，浪涌之风

如旗幡之风，帘动之风，花颤之风，烛曳之风

如南来北往万马奔腾之狂风

如前世今生洞穿城阙之劲风

如飘飘乎吹征衣之轻风，浩浩乎扬千帆之长风

如铁甲飞驰湿地之疾风，弹道掠过晴空之清风

风来去自由，呼吸来去自由

风的世界刚劲又柔顺，温暖又寒凉

呼吸过程急促又舒缓，粗重又微弱

生死存亡，绝处逢生

指挥链路信息如潮水涌动

风在呼吸之中，吐纳之中，升降之中

在陆地之内，岛屿之内，疆域之内

在高原之上，海洋之上，风云之上

战争迷雾，雾起峰聚

旗展如风，风驰堑开

风从风中穿过，风跟随风

呼吸遗弃呼吸，呼吸追逐呼吸

然后有风声，风声是大地疼痛的呻吟

大地不死，战争的呼吸如风呼啸

风声，止于至善

号角，响彻天地

战　歌

青春的嗓音

只瞄准一个音调

旋律和歌词服从于气势

气出丹田

不能冲上的高音

便是血脉偾张的吼

如同面向高地

抄起爆破筒迎着弹雨冲锋

龙吟虎啸

高原一样粗犷起伏

排山倒海

江河一样滚滚奔流

正步与心跳

节奏和眼神

清澈的爱和钢铁的信仰

每一声吼都激荡苍穹

一、二、三——四

士兵的歌

越整齐越震撼

越简洁越壮美

青春的军营

是战歌的海洋

每过一次营门

耳蜗便灌满澎湃的涛声

河谷里的誓言

——献给喀喇昆仑上的英雄

谁都知道发生了什么

却不知道会是这样发生

莽昆仑沸腾

六月冰河寒冷彻骨

我的团长我的团

钢钎一样楔进河谷

宁洒热血

不失寸土

谁都知道边疆卫士情撼九天

却不知道会是这样激情悲壮

清澈的爱

只为中国！

十八岁的青春热血

浇灌出春天一样的理想

唯此一句便胜过万千诗行

此刻，谁都盼望春暖大地

而他们已在春天里安眠

羊倌老秦

小院生起新年炉火

乡亲们围坐

话题抚今追昔

眼中泪光闪烁

忽然说起羊倌老秦

那年抱薪而行

闪电一样冲进巷口

柴草倏忽抖散

横七竖八　前三后五

激情的火焰烧红夜空

小镇志记载

光照青史的伟大胜利

始于一次奇袭敌营

羊倌老秦

燃烧了自己

青春背影

长江上，十九岁的女子

粗黑的长辫直垂腰际

摇橹，一声紧过一声

炮弹，一枚响过一枚

船舱里出征的亲人

衬托她青春的背影

这渡江战役的一瞬

偶然被黑白胶片定格

据此寻找半个多世纪

青春背影才有第一次回眸

"划桨姑娘"的笑脸

皱纹如春风拂过江面

"我送亲人过大江"

请记住那青春背影的名字

支前模范颜红英

草鞋勇士

街边士兵席地休整

绑腿、赤脚、草鞋

如同一截截裸露的树根

深扎泥土 粗糙遒劲

阻挡铁蹄野蛮入侵

外国记者惊问

穿草鞋打仗行军

若是冰雪霜冻怎么办

士兵回答

我们没打算活到冬天

那年那月那场硝烟

将，有必死之心

士，无贪生之念

还我河山

清川江

惊蛰，舅爷喝高了

一把扯开棉袄

手指左胸

当年刺刀留下的疤痕

如一只血红的眼

那是战场较量的见证

舅爷说，生死之间

偏右两公分 倒下的就是自己

春天暖阳

从房顶亮瓦投射下来

像暗夜舞台上

亮起一道透彻的追光

积雪的温度

在长白山的寒风中伫立

白头的山林抖落雪粉

积雪过膝

天空阴晴不定

看不见飞鸟、走兽的痕迹

流云时刻变幻如潮水翻涌

久违的战场环境

破旧的棉袄、长枪和血

抗联战士的火堆和眼神

次第展开

穿越历史的雪纷纷扬扬

一层层落在我的身上

在成为雪人之前

我在城市霓虹灯里漫步

享受生活的爱意与和平

楼宇温暖如春

渐渐忘却寒冷的记忆

此刻，身处大山之巅

林海雪原的苍莽与孤寂

让灵魂一次次收紧

每一处骨缝都有冷风的刀割

匍匐于雪中

反而升起被覆盖的体温

习惯深嗅南国花香的人

或不知道粉雪还能进入呼吸

窒息生命

白山黑水，爬冰卧雪

也只是抽象的修辞短语

当集体意识与个性觉醒

在某个时间点重合

当坠落的阳光重又折返天空

雪藏的情景显现

我们的队伍伐木为营

围火而眠

誓死阻挡入侵者的铁蹄

敌众我寡

脆弱的积雪成为生命屏障

战斗激烈而短促

子弹标注红色信仰和复仇

一个在雪地奔走的人

高仰永不屈服的头颅

像一株白桦树高耸树冠

挺立高山之巅

在这样一个冬季

我抚摸白鹿茸一样的灌木丛

感受粉雪的质地和温度

看到满天的泪水化为雾凇

在这人间美景之下

大地奔涌英雄的热血

山麓松花江水奔流

永不封冻

生命的高度

春日暖阳如母亲的手掌

将英雄墓碑一遍遍抚摸

栀子花香唤醒历史

谁都能看见，明亮的山谷

有一群年轻士兵伫立草丛

笑容带着调皮

眼神清澈如水

乌云遮挡阳光的岁月

信仰和意志如一支红色鸣镝

缩短山冈和城市距离

先行者的青春

火把一样在雪山草地闪亮

浴血冲锋

思想突围

跋涉泥泞的草鞋

奋力朝着生命高度进军

骨气超越钢铁

鲜血比杜鹃殷红

灿烂霞光照亮一个个血染的姓名

阳光普照，金达莱鲜艳

除去胜利一无所求

为了胜利一无所惜

向死而生成为永远的墓志铭

最坚韧的潜伏

生命在烈火中燃烧

地堡疯狂射击，冲上去

最后的武器就是身体

小高岭山顶，二十八岁的身影

一跃而出，炸药包天崩地裂

与惊恐之敌同归于尽

时代高地总有英雄屹立

一架外机如野牛擅闯南海

海空卫士升空拦截

尾翼撞毁的惊险一刻

战友呼叫返航

一声回答震撼人心：

我已无法返航

你们继续前进

生死危难之际

英雄和凡人的高度

只差一次勇敢的献身

但是，为了那个光荣的时刻

那些活在我们心中的人

献出了全部人生

铜制烟锅

黑暗如同一口巨大的钟鼎

从天而降　我的祖父说

从来没有感受过那么幽深的夜晚

没有夜虫的歌唱

没有动物的痕迹

甚至没有流动的空气

在这样的黑夜里行走

哪怕最微弱的光亮

也会唤起心中的渴望

从黑夜里走来的祖父抄起水烟

动作像当年操起短枪一样

轻盈而又熟稔

那是一种能发出水车一样声音的铜制烟具

祖父说往事并不遥远

城市痛苦燃烧的时候

人与动物的骨架咯咯作响

光荣和梦想在无声破碎

那时啊那时　我的祖父说

如果能从钢筋水泥的缝隙

侥幸逃脱

乡村一定是理想的天堂

但乡村也在遗弃人类

在黄昏的沙漠上

难民的影子起起落落

就像风中片片枯叶

无声远离古老森林

从来没有感受过那么幽深的黑夜

天和地瞬间无影无踪

捏紧的拳头松开之后

幽蓝的火焰会在掌心

轻轻跳动

这让祖父感到恐惧

越是恐惧越是唤起生的渴望

既然黑暗无所不在

既然天地无处流浪

就把残损的手掌伸向夜空

让幽蓝的火焰连成一面旗

去指引一条回家的路

如今　祖父的故事到处流传

而祖父像一个地道老农

盘腿坐在村口的石磨上

每天让铜制烟锅

发出水车一样的声响

祖父已经九十八岁了

父老乡亲们告诉我

好人都能轻松活过一百岁

升腾的火焰

无名高地，青草依依

冰凉的、澄澈的露珠滚落

腐朽的、清香的味道上升

但我知道，躺在下面的

不只有你和你们

就像手捧鲜花的还有他们

仇恨从来不能抵挡和解的酒

痛苦也难以抗拒时间的药香

这注定是一个陌生的春天

但我仍要站在这里

在风中守望并仔细聆听

直到熟悉的脚步从地心深处传来

直到感受到一团火球的炽热

感受到火焰向上升腾

感到沉重的步调真实而坚定

感到烈火的声音倏忽穿越我的身体

一路冲向高地，燃烧、绽放

缓缓消失

草地上空无一人

只有我被烈焰焚烧的骨架

在山风中发出钢铁的声响

沉默的阳光洒落在上面

四月的天空

看起来炫目而温暖

金铜花瓣

我曾拥有一片金色村庄

那里闲置着我灵魂的风景

那时父辈和士兵们生活在麦芒下面

闲暇的时候

他们一边咀嚼新鲜的麦粒

一边观望鼓舞着透明翅膀的蠓虫

起起落落

或者冥想一位

坐在自己心尖上颔首微笑的女人

当然也有精神和信仰

黑太阳轧过麦海的时候

他们会从土地深处一跃而出

一只只渗血的草鞋在枪刺上翻飞

赤脚下黄金遍野如潮水般涌动

号角彻空

响遏行云

漫天金铜花瓣照亮整个山谷

尘埃落定已是很久之后

父辈和村庄常被年轻士兵怀想

群雀飞舞　碎羽如霞

清晰往事让他们笑容满面

眼睛却隐藏不住神秘忧伤

而父辈安静活在自己的世界

白发比寥廓的星云更纯粹

每天早晨

父辈前往麦田快活地耕作

直到天黑才荷着锄头独自回家

偶尔也会取下挂在墙上的破旧草鞋

那些年代久远的语言

便会萦绕在屋檐下面

从南到北　从东到西

一片片劣质烟叶在温暖的手心破碎

质朴而又坚实的诗句

便在微弱火光中一直延续到黎明

我在父辈的世界里学会了耕作和诚实

这使我注定在楼群里经常迷失

但我至少不会悲观　我知道

黄昏的时候

一只只来自村庄的小鸟

会歌唱着掠过天空

那些流浪的声音

高贵而又凄凉

我呢，我会在城市边沿幸福地流泪

并且急切奔走

我的脚印闪耀着草鞋的品质

它们温顺似水

而又锋如麦芒

我就那么一路走啊走啊不停地走

一步一步

走进共和国新鲜的黎明

一个功臣的词汇

部队突围时

掩护是一种无奈的保全

受领任务

他只喊出一个词——

是！

敌人扑上来

退缩就是决堤溃坝的灾难

孤军奋战

他只默念一个词——

拼了！

天亮了

残缺的躯体被送回家

喊杀声犹在

他只吐出一个词——

赚了!

在和平的天幕下

他甘愿当一个地道的农民

遇到委屈，他说算了

被人同情，他说惯了

日子好了，他说美了

国家兴盛，他说顺了

现在，他老了

老得每天只能和乡亲们

在墙根晒晒太阳

提起当年事

他只微笑着说一句——

快要和老战友团聚了

想他们!

英雄老兵

国歌响起

老兵皓首如雪山前倾

白眉如积霜的枯草抖颤

紧握扶手，向后屈肘

蓄势，向上

宛如一只苍山之鹰

奋力伸展折断之翼

站起来，站起来

这常人眼里的简单起身

现在成为他最急切的愿望

可一双饱经风霜的手

却无力支撑幸存的铁骨

金色旋律更加激越

老兵的词典里从来没有放弃

青春的热血在回流、在澎湃

他用力起身

在摇晃中撑起身体

就像当年以身为桩

撑住一段被反复炸烂的桥

撑起一面迎着胜利冲锋的军旗

连长和他的妻子

乘着歌声的翅膀

你向大山飞来

一双小心择路的高跟鞋

舞起世上最美的青春摇摆

那年灼灼其华，桃花盛开

走不动了便仰天喊山

赵——长——年——

粗糙的名字瞬间朝霞满天

如同抢滩登陆

那个名字飞流直下

背起你，背起你

你黑缎子一样的发辫

一下一下摇晃在山间

多想一辈子依偎在幸福的肩上

多想就这么一边走一边喊

赵——长——年——

现在，你还是这么想

所以从不辜负每年的春天

脚步变得沉稳

手也扬不起那条天青色的纱巾

你让儿子仰面喊山

赵——长——年——

你用手掌挡在耳根背面

听响亮的名字一次次

峰回路转

儿子的肩头也像一座山

你每夜凝视繁星的眼神

温情穿过墓穴

那个名字爱如潮水

汪洋一片

在老宋墓前的悄悄话

那年，坟草青青

你娘把我带回的军功章

别在蜡染蓝布头巾上

她让俺给你捎句话：

"俺家住上大瓦房

探亲回家就敞亮了"

那年，夏日炎炎

你婆姨让俺捎句话

她在给你绣鞋垫哩

一针针扎在人心尖上：

"儿子去县里上初中了

可别牵挂俺娘儿俩"

那年，秋雨潇潇

唉，你儿子求俺说实话

攥着我的手直发抖

眼神就像刀子刮：

"广播里总说打仗的事

爸爸几年不回家

是不是已经不在了"

飘向高原的歌谣（组诗）

1. 军嫂

想在草叶的露珠上

刻上我的名字

春天的名字

每天清晨

端出苹果绿的大碗

一颗颗收集

每一滴滚圆的水

都是一颗明晃晃的珍珠

等碗盛满闪光的时间

我把它寄给你

如果途中洒在地上

名字里春天的颜色

一路带动小溪的奔流

如果你终于捧着碗

轻啜一口

噙在嘴里

名字里富含思念的滋味

就会在心底

开出幸福的花朵

2. 军娃

落霞。小女孩望天边

"小朋友看啥呢？"

"等爸爸。"

"爸爸在哪儿？"

"比天还高的山顶上。"

"那他怎么能回家？"

"太阳落山了，

爸爸顺着太阳滑。"

飞雨。小女孩望天边

"小朋友等爸爸？"

"爸爸回不来，

我在等雨停。"

"雨停爸爸就回家？"

"雨停就有彩虹了

彩虹通着我们家！"

飘雪。小女孩望天边

"小朋友还在等爸爸？"

小女孩睫毛沾雪星

扬扬小手进家门：

"天给地铺鸭绒被，

爸爸山上不冷了。"

3. 士官

高原的雨滴颗颗清亮

连绵不绝便混沌

混沌的风声雨声雷声

混沌天幕、山巅

混沌摇晃的枝叶

旋转的车轮

唯闪电如怀揣利刃的刺客

凡往之处边界分明

夜晚的雨声开始清晰

如同远方的院落

青石板的台阶上

母亲一下一下筛着豆子

雨点像明亮的豆子穿过房顶

一粒粒滚落

妻子看着儿子

风吹雨点一样奔跑

现在，雨点濡染豆香

围拢我包裹我

钢枪紧握在手

我心忽如夏日晴空

透彻而干净

金达莱

是为一个名字看一场电影

光影线条如群鸽扑翅

屏幕升腾历史烟云

动作 台词 角色

熟悉得像那条沸腾的河

像金达莱一样鲜红醒目

歌声也如黄莺鸣泉悦耳

她一定有好听的名字

在英雄的墓地里

谁都能看到

一个母亲的泪水

名字的丛林密集如花瓣

每片花瓣都是一张生动的脸

镜头一闪而过

但只一眼我就看到了她

她没有真实的姓名

志愿军战士叫她阿玛尼

长津湖

撑一口气　气就有了立体感

白色的气

柳条褪去青皮的柔顺之白

指间捻出燃木灰烬的温软之白

月光冷照坑道积雪边际的泛青之白

呼吸　雪地不可或缺的生命之气

血腥冲撞鼻腔的酷冷之气

钢铁锈片散落冻土的寒彻之气

织物长条挂在断枝

咝咝作响的萧瑟之气

交换环境的能量　一口口呼吸

深吸一口气　不是憋一口气

是提一口气　撑一口气

让气息如一条宽广大河静水流深

充盈细胞　运化血液

一口气和一腔血融合

如同一株新生的禾苗露出土地

撑一口气　气血便如风云

激荡生命的极限耐力

支撑身体静如处子

又时刻保持冲锋的姿势

只要有一口气　就坚守 就蓄势

一口气撑住山河日月

号角响彻山谷

一个个凝固的表情

气贯长虹

军功章

一枚，两枚，三枚

军功章从胸前集合列队

一排一排，直到腰际

这是节日盛典上的一位老人

头发稀疏，瘦如细竹

脸上布满平静的沟壑

一件宽大的粗布上衣

像旗帜披挂身上

舟遥遥兮轻飏

风飘飘兮吹衣

但那是古人的闲适

如今温情的风

掀不开这一袭发黄的衣领

我胸前也有一枚军功章

那是和平年代的奖赏

面对老人

我只能悄悄转身

把奖章摘下来

与那些枪炮碰撞的金属相比

这奖章的精致让人羞愧

简直不值一提

我用干净的胸口面向老人

致敬。并在心里想着

什么时候在我的胸前

也挂满胜利者的专属标志

让一枚枚多边形的金属勋章

如黑洞洞的枪口

闪着寒光的箭镞

圆睁着的冷峻之眼

任何敌人见了

都不寒而栗

英雄气概

香气，一缕香气自鸭绿江边袭来

自下而上，清烟袅袅的苍松形态

落英映雪的悲怆色彩

血性扑鼻的陈年味道

这股气，蕴含悠悠华夏的历史智慧

映射边塞古战场的冷月清辉

结晶胸怀天下的家国情怀

扶摇而上

在北纬三十八度上空

闪耀战争与和平的灿烂阳光

这股气，沾拂羽林郎的袖箭

汗血马飞踏的雁羽

横槊赋诗三千里

怒发冲冠九万重

这股气，是五千年民族血性

数百代将帅风骨

千百万烈士品性

是烽火台上顶天立地的旗幡

是搦战的将士前出虎狼之地

立马横刀

叫阵不停

这股气，自地火之处氤氲升腾

当万丈火焰腾空而起

灵魂千回百转炙烤

媚气、娇气、丧气、怨气、邪气、戾气

以及一切腐朽之气

均不可归附藏匿

这股气飘飘荡荡，绵延不绝

浸染肌肤，深入肺腑

构成华夏儿女的生命底色

一旦祖国召唤

必定奋勇向前

雄赳赳，气昂昂

正义之师跨过鸭绿江

除去胜利一无所求

为了胜利一无所惜

首战两水洞，激战云山城

会战清川江，血战上甘岭

向死而生的意志聚气成钢

我们最可爱的人

甘愿让炮火掂量每根骨头的分量

赋予每块肌肉以刀剑的质感和锋芒

让每个细胞都饱含英雄气息

一个个普通人因舍生忘死

而惊天动地

青春长眠金达莱盛开的地方

英雄气概胜于花香

深嗅这血性骸骨之香

我的胆魄与赤诚

时刻准备让一场现代战争验证

即使只是作为一名军旅诗人

也必须过滤血液

测序语言的纯度

检查钙质的流失

抛弃自我编织的精致光环

挺起胸、仰起头

在五花连钱旋作冰的冬季

万物萌动枕戈待旦的春天

战车陷入泥泞雷电交加的夏夜

旗帜碎片悬于荒原枯枝的秋日

背负苍穹，荷枪而立

关山朗月，吴钩为笔

挥毫则豪情满乾坤

歌唱则吼声震寰宇

澄清碧海

萦绕家国

我来守护你们安眠

南京大屠杀死难者国家公祭日

首都北京

一场暴雪突如其来

天下缟素

那年的南京

也是漫天飞雪

燕子矶、草鞋峡、中山码头

白雪在热血里融化又凝固

北风裹挟的恐惧密不透风

屠刀反射野兽的狰狞

江水漂浮裸露的尸首

一排木桩上的头颅闭目张口

无声呼喊婴儿的亡灵

三十万同胞遇难

国人心底最屈辱的伤痛

今天的雪绝不同于往日

这雪没有冰刀没有血腥

只有悲悯和柔软

它像棉被一样盖在中国大地上

万物和我皆肃穆

一切掩埋都为孕育新生

告慰遇难者的最好方式

从来都是富国强军

八十六年前的梦魇早已消散

别怕，我来守护你们安眠

塔山阻击

那年十月，白霜如飞蚁

栖落辽西

塔山村，无塔无山

北宁铁路穿村而过

村前河滩开阔

芦苇摇曳，一丛丛杂草

蓄满萧瑟的风声

此刻，锦州激战正酣

敌东进兵团如黑云似潮水

妄图北上驰援

时间与速度

变局与危局

包围与反包围

一个百十户人家的小山村

突入棋局

成为一枚关键棋子

甚至决定战役走向和结局

生死之地，无险可守

三十四团落地生根

生死防御

堑壕地堡星夜挖掘

层层防线

纵横贯通八千米

阵地新翻泥土的湿气

被北方霜冻压制

一垄垄形如田埂

凝结生死相搏的意志

显现钢铁长城的质感

饮马河，水深盈尺

敌我分界南北两岸

我看见

阵地旗帜飘动战士的誓言：

坚守，坚守，坚守

誓与阵地共存亡

敌海空军炮火如飞石倾泻

阵地工事被掀飞被炸烂

半小时炮火准备震耳欲聋

忽然，天地宁静得只有风声

英雄爬出坍塌的掩体

如猎人瞭望狼群

眼里充满仇恨

远方，敌军集结地域

十一个师十万之众出动

近处，敌整团整营

密麻麻黑亮的钢盔蠕动

塔山堡、铁路桥、白台山

全线发起冲锋

我看见

敌密集队形身后

督战队的美式枪械

肃杀而冷酷

"打，让他们尸横遍野！"

一声令下

一粒粒子弹从残破工事击发

穿过河滩纷乱的铁丝网

贴着摇曳的杂草

带着使命的光亮

洞穿乌鸦的惨叫和哀嚎

前有瘫软倒伏的尸体

后有无情的督战枪口

敌军进退无路

硬着头皮

一天发起九次冲锋

九次都被我顽强击退

炮火疯狂，子弹疯狂

敌军进攻更加疯狂

第一天，三个师

第二天，四个师

停战一日之后

第四天，四个师

第五天，五个师

波浪式推进

白热化巷战

近身肉搏

阵地反复争夺

六天六夜

我们英雄的队伍

始终铁杵一样

一根根揳入土地

视死如归

寸土不退

新时代的春天，我巡礼塔山

我惊奇

英雄的土地一马平川

地势竟如此平缓

实地比历史书更直接更真切

当年的阻击必定更悲壮更惨烈

烈士陵园，坟茔丛立

伟大的胜利震古烁今

我看见

只身退敌的朱贵

"刺刀见血英雄班"

"毛泽东奖章"获得者

那年那月的英烈

一个个缓步向我走来

我找不到战场遗迹

耳边却回荡

枪炮的呼啸和拼杀呐喊

那一刻

我泪眼模糊

谁说塔山无塔无山

七百多名烈士安眠于此

便是一座座铁塔

一座座山坡

而塔山阻击战革命烈士纪念碑

巍峨如山峰

直刺苍穹

第 三 辑

士兵宣言

士兵宣言

选择坚强

景仰英雄

玉米与骨头

……

士兵宣言

我穿戴的每一件物品

都是制式的

迷彩服、作战靴、子弹袋

还有帽徽与钢枪

在和平的天幕里

这让我的外表更像一名

等待出征的战士

我身上的每一块骨骼

也是制式的

雪山冰冻过的胫骨

炮火炙烤过的肩胛

还有倔强的头颅

不屈的脊梁

这使我的体魄更接近一名

剽悍威武的勇士

我体内流淌的每一滴血

更是制式的

鲜红的血

苦难与辉煌的记忆

在每一根血管里涌动

热烈，滚烫

会沸腾，能燃烧

让灵魂融化、重塑、新生

让心与先辈一样

干净和赤诚

让我的形象更符合一名

忠诚使命的卫士

军旗猎猎

号角声声

如今，我们像群山

巍然屹立

我们要让全世界知道

那鲜红的血

是区分敌我的唯一色彩

我们是战士、勇士、卫士

我们更是

新时代中国的钢铁长城

选择坚强

在阿拉山口，只要身体柔软

向前的意志萎缩

如一株乌拉草匍匐于地面

飞沙走石过后，或可喘息

以幸存者的眼神

回应迟到的关切与怜悯

不，我选择坚强

迎风挺立

轮台九月风夜吼

一川碎石大如斗

相比青冥浩荡的背景

我体态卑微瘦骨嶙峋

听得见远处狂风地动山摇的嘶吼

看得见乱石草木仓皇逃窜的烟尘

群体溃散的方向如蛮荒洪流

一路裹挟新的溃散，涌向我

每一个慌不择路的溃散

都是一次冲撞，一次撕扯，一次践踏

一次无所顾忌的如刀切割

与风暴短兵相接之前

我已遍体鳞伤

不，我绝不后退

即使躯体不能再迎风挺进

残存的骨架也要屹立

抗击，一分一秒

冲锋，一秒一分

景仰英雄

少年时代我就景仰英雄

缅怀英雄的时候

我会独自站在高处

像王成紧握爆破筒一样紧握竹杖

用稚嫩嗓音高喊：

向我开炮——

我会盘腿坐在油菜花地里

仰望蓝天白云

大声诵读《可爱的中国》

仿佛自己就是方志敏

正在从容面对刽子手的排枪

想起烈火中永生的邱少云

我会点燃一根火柴靠近皮肤

悉心体会烈焰烤炙的伤痛

想起只身堵枪眼的黄继光

我会举起一根针猛地刺向自己

想象密集的子弹

如何呼啸着穿透身体

还有舍身炸碉堡的董存瑞

还有飞身拦惊马的欧阳海

那时我不懂战争与和平的深刻涵义

可我真是钦佩英雄的意志和牺牲啊

所以　我做梦都想成为英雄

甚至荒唐叹息错过了那个年代

甚至一心期待战争风云

在某个清晨忽然惊现

景仰英雄

形成了我性格中坚强的部分

让我在喧腾的世界里懂得如何安宁

在安静的生活中如何保持激情

景仰英雄 让我知道

漠视牺牲的国家今后将不会有牺牲

而崇尚英雄的民族必然英雄辈出

所以我携笔从戎

所以我秉持男儿的血性

所以我倾心战争准备

以逝去生命的名义

我持枪——

让和平阳光在枪刺上闪耀

我执笔——

让思想锋芒在笔端上激荡

我知道 追寻英雄的足迹

也许不能成为英雄

但景仰人民英雄

我肯定能成为一名好兵

玉米与骨头

生而不同的命运较量

总是毫无悬念

如同石磨盘下的粗粒玉米

在时间的致命研磨中

一定粉身碎骨

但是，玉米粗糙的一生

因此柔软细腻

能够感知疼痛的细节

生活的精致

玉米状为齑粉仍是食物

骨头不同

骨头粉碎俱为尘土

一旦钙质与钢铁决斗

双方决不屈服

必须看到

在没有韵律的碰撞声中

骨头再硬也经不起铁锤

骨气却能以硬核的形式

完成一种支撑

好男儿当兵去

大雪满山

一名衣衫单薄的红军战士

冻死路旁

首长怒不可遏

要处分掌管被装的军需处长

战士含泪报告

他就是那个倾其所有

直至献出生命的人

草地湿冷苦寒

一名病重战士的临终托付

不是告别亲人的心愿

而是党证里排列着的

七根火柴

一根红色的火柴头

就能点燃一簇希望的火焰

炮火犁翻上甘岭

层层焦土之下

一个青里透红的诱人苹果

在防炮洞里传递温情与信心

八名战士极限饥渴

但谁也不忍多吃一口

视卒如婴儿

故可与之赴深溪

视卒如爱子

故可与之俱死

那年那月的生死记忆

像从月亮洒落的银尘

颗粒洁净细腻

书本上薄薄一层

指尖一划过

山峦便叠翠

从农村到城市

动人画卷

一路绵延起伏至今

当兵去

好男儿当兵去

让一首歌响彻军营

战友战友

亲如兄弟

今生的最高价值是做一个正数

有时数字是一把火

周身血脉瞬间被烤得炽热

有时数字是一捧冰

钻进骨缝里的寒意经久不去

有时数字是一汪水

看似汪洋恣肆却没有一丝涛声

有时数字是一团雾

任你左冲右突也走不出人设的迷思

数字是万事万物的逻辑归纳

是客观真实的准确表达

数字从不糊涂

糊涂的只是我们自己

数字也没有温度

爱心的聚集却会使它剧增、裂变

会让它化作迷茫中的方向感

化作澎湃的驱动力

化作大地的花团锦簇和星空的湛蓝通透

我也是一个数字

一个简单得不能再简单的符号

我知道自身的卑微

但不会简单地生活

做一个成全他人的正数

而不是拖累别人的负数

是我今生的最高追求

凡人英雄

我们身边总会有这样一个人

总是装着别人的冷暖

总是心怀回报世界的感恩

总是希望别人过得更好

我们身边总会有这样一个人

总是笑对清贫疾病

甚至死亡

总是想着我能做什么

我还能做点什么

让人忍不住想去劝慰

为什么要这样

何必总是这样

可面对那真挚的微笑

同情的心却被同情

安慰的心反被慰藉

我们身边总会有这样一个人

活着的时候

没觉得有多么崇高

远离的时候

才发现他的点点滴滴

是多么来之不易

是那么意味深长

我们心里总会装着这样一个人

每当想起的时候

眼里总是湿湿的

心里总是暖暖的

每当想起的时候

就会反复叮咛自己

今生今世啊

即使谁也不知我的姓名

也一定要做这样的

好人

士兵呼吸

播撒一圈防蛇粉

钻进狭小的军用帐篷

一个士兵躺下

旋即鼾声如雷

呼吸的澎湃力度和复杂味道

让我久久不能入睡

很久之前我也是如此呼吸

奔跑、跨越、据枪、射击

白天操练的沉沉倦意

不容入夜时分

守望浩瀚星空遐思

我的青春，呼吸单纯流畅

从冬到春，充满梦想

什么时候开始失眠呢

是急促的呼吸，空气里

忽然游荡着困顿和不安

隐约的希望是天边一线

或许晨曦初现

或许雾霾满天

失望总是来得排山倒海

不容妥协也无须商谈

紊乱的呼吸让我想起奈保尔

他说生活如此绝望

每个人却都活得兴高采烈

现在，我和士兵们在一起

军营熟悉的场景和味道

外训地静谧的夜晚和草香

让我看清世界也认清自己

那些丢失的梦想逐渐清晰

我的呼吸变得平和

闭上眼睛安睡

想必我也鼾声如雷

时空爱情

伸出姆指和食指

向天瞄准，击发

嘴唇噘成圆筒状

吹出一串清亮的哨音

想像子弹呼啸

从食指尖凌空飞去

穿过楼顶，跃过云端

只想着子弹飞行的轨迹和姿态

不在乎有什么被击中

也许真有什么被贯穿

被灼烧，天空发出耀眼的光

洒下纷纷扬扬的泪

但我看不到有什么被击中

我的子弹只能穿透时间和空气

或许也能穿透自己

我的子弹四处飞溅

在某个清晨或黄昏

总会击中一个无辜的旅人

可会是你吗？如果是

你胸前的梅花红得像火

而我，会感到心疼

老营房的水瓢

那时营房穿插于稻田之间

士兵和乡亲如同家人

我们在晒谷场上操练

老乡在田间耙田

到了饭点四处升起炊烟

口渴随时用一只葫芦瓢舀水

所以我熟悉水缸、木桶、古井

熟悉汗滴的咸和井水的甜

比我更熟悉老营房的是水牛

一走到田垄尽头便回望

黑葡萄一样的眼睛

漫不经心地咀嚼

与犁铧一起盼望收获季节

空荡荡的水田

目之所及却是稻黍满仓

我熟悉的还有松坡下的靶场

堰塘苇影里梳理羽毛的白鹤

打靶归来与收工的乡亲

在青石板上一同洗去污泥

水面波纹上飘来悠扬的歌声

柔软的暮色朦胧着村姑

秀发的瀑布和眼睛的亮光

总是让人想起家乡

现在我用瓷杯喝水

喝水不都是训练时畅快解渴

吹拂茶汤时时变为程式化动作

更像在掩饰身体另一种缺失

我习惯了新的习惯

只是手握瓷杯的时候

总会想到那只在水缸里仰泳的瓢

从而质疑水的品质和温度

如石子一样坚硬的乡音

走在陌生的城市

冷不丁飘来一句乡音

词句短促，铿锵如一粒石子

在冰面上翻腾跳跃

沉寂的故乡忽然化为湖水

在眼眶里颤动

不能确定是谁发出的呼喊

那些走过我的背影

都像是我的亲人

正如我认识的寒冬里的枝头

有一千朵梅花

暗自吐蕊

让子弹飞一会儿

子弹被推进枪膛

等待突击

就像一粒种子埋入土地

等待阳光和水无声滋养

在某个黎明或黄昏

瞬间破土而出

子弹飞行的轨迹

以及麦穗迎风的姿态

时时牵动命运的神经

冲锋或者耕作

不为生活

只是生存

炮弹炸响

不是个头比子弹大

而是沿膛线延伸得更远

譬如思想沉寂

从土地深处一路向海

一旦怒吼

便是漫空烈焰

炮群在远山之外

兵阵集结

匍匐的脊梁掠过火球

古老城墙结满苔藓

每一块城砖

都以新生的情绪触发引信

让出冲锋的道路

生命的脆响

融入一串串金色的号角

导弹花蕊

一场古老游戏

被新的规则突破

黑色弹头深藏不露

所以蓝天白云

留下画布的空间和构思

散开七彩蜡笔

勾画、涂抹、浸染

飞舞的白练

缤纷的礼花

跨越星球的彩虹

一幅凌空的儿童画作

让尖锐的战斗部萎缩

绽开奇异的花蕊

太阳融化万物

那些在心底歌唱的花朵

或许稍纵即逝

却为生命永恒

名　字

一根红布条

生死抉择时分辨出敌我

从此，我们有个名字

叫红军

一床红被面

渣滓洞里绣出含泪的信仰

从此，我们有个名字

叫解放

一条红领巾

绚丽的旗终于飘扬在胸前

从此，我也有个名字

叫闪闪红星

一对红领章

梦想燃烧起战争的激情

从此，我更换了名字

叫青春无悔

一副红肩章

一副黄肩章

一副绿肩章

金属与植物的底色

镰刀与锤头的质感

在大潮中冲刷淘洗

红色，渐次从军服上消失

从此，我的名字

叫和平

一脉红基因

沿着新时代的根系新生

红色，初心的颜色

融入军服的纤维

奔流于我的血脉

比炉火更纯粹

比青山更沉稳

如今，我只有

一个普通的名字

一个视而不见的名字

我叫战士

如果战争来临

一腔热血

会让我的名字红得鲜艳

近在咫尺的战争

让子弹生长思想

睁大眼睛

越过低垂的头颅向前飞

飞越屋顶、山峦

再向前、向上飞

俯瞰一朵朵恶之花枯萎

让炮弹饱含悲情

炸响沉积如山的激愤

升腾的乌云

冰冷的弹片

控诉生死瞬间的命运

让庇护所更深更宽阔

行在逆旅的人

获得远离射程之外的安宁

让地铁站也加入其中

铁轨，这钻入地心的铁鞭

一节节蜷缩、柔软

让梦中不停转动眼球的女孩

依偎母亲安睡

谁能听清风雨里的喊声？

战争突起如飓风咆哮

假如还活着，是的，只要活着

生命就期待一个结果

夏日的风穿梭于东方

我们庆幸远离战场

远方的战争却并不遥远

当风暴骤然来袭

生为男儿

这是我的立场——

家国就在身后

时刻握紧刀枪

一个褡裢在肩的牵马人

遇见一个背手牵马的人

褡裢挎在肩上，马蹄悠闲

寂寞空气里忽然有了风声——

如今谁还会带着褡裢出门

谁还能骑着马儿远行？

牵马人惊奇我的惊奇

恍惚眼神山雀一样掠过我的头顶

天空霞光万道

就像故乡油菜花遍野盛开时的情景

在这城市，有多久没见过马

没有见过水牛，甚至没有见过

溪里追逐的白鹅，塘面欢唱的群鸭

此刻，真想跨上马背

背上褡裢，装上干馍、咸菜和酒

让马打着响鼻一溜小跑起来

就像儿时骑着一支竹棍

把一个个鞭花甩得噼啪作响

城市生活的日日夜夜

总会为细微的事物感动

比如牵马人的眼神、马项上的铃铛

但是，我不会为这匹马落泪

我要让有品质的泪珠回流心底

去涵养属于自己的一片心境

那里雨水丰沛，草木青翠

余生自由自在

也许劈柴喂马

也许浪迹天涯

河畔的房子

穿过一条河流

我决定停下来

决定放弃所有行程和梦想

趁风雪还在来时的路上

我要建好一座房子

一座让世界无法窥探触摸的房子

我要把房子建到河流对岸去

那里蝴蝶在棕榈树梢舒展翅膀

翠鸟摇曳鲜艳羽毛

牧童的歌唱响彻山谷

含蓄的农业让自然万物

闪耀神秘微笑

我要建这样一座房子

趁风雪来临之前

我的房子将从地心深处拔地而起

态度生硬，意志坚强

纵使大地因此撕裂也在所不惜

我要倾其所有

纵使山川不能满足需求

也不能阻止我

我会把我的躯体也砌进墙里

我把门窗涂抹上鲜血的颜色

涂抹上令太阳羞愧的颜色

趁风雪还在来时的路上

我要建好我的房子

夕阳西下的时候

陌生城市的街道惊慌失措

房子和房子跌跌撞撞

人们把身体躲藏在里面

却把灵魂遗失在外面

而我的灵魂不需要躲藏

我和我的房子

空空荡荡

我要为你建好一座房子

在河流的对岸

趁风雪还在来时的路上

我与时间的战争

如同一只春天的蝴蝶

短暂的生命

总是消逝于每一次绚丽的扇动

一生中

我也向时间发起一次次进攻

徘徊等待是阵地战

消磨着时

生活艰难是运动战

流动着分

浪漫爱情是歼灭战

耗散着秒

而美好理想是持久战

我将自豪着穷尽生命

我与时间的战争

不分伯仲

而时间，开始悄悄撤退

逃跑的时间

刀片一样划过我的皮肤

看不见伤口

不会渗出鲜血

刀刃摩擦骨肉的声音

以及走走停停的节奏

却让我的身体千疮百孔

这是我与时间的战争

持续还是和解呢？

生命不能终止

战斗，永不停歇

重入阵列

如果老得提不动刀枪

躯体本能渴望阳光草地依偎

不，不要满足我让人瞻仰的虚荣

请让我还原为一个新兵

再次投入熔炉

以新思想新理念重排基因

以新材料新技术优化提纯

让血肉骨骼凝结成非晶态合金

再赋能以长城的强度和黄河的韧性

在新域新质战斗力的空间里

映射强军制胜的光辉

如果我被成功重塑

请在一个草叶悬露的薄雾清晨

或者苍鹰奋力展翼于长空的夕照黄昏

将我置于深蓝海疆一个岛屿

或者喀喇昆仑某个角落

想像一颗流星划过天际

滑进一群年轻士兵清澈的眼睛

我将迎着时代的风口

坚守、狙击或冲锋

列入精算、编组、超限的一部分

完成一次全新战斗想定

如果思想内核不足以锤炼信息刀锋

也不会气馁

我自信钙质足够坚硬

请把我凿成一块界碑

挺立礁盘

在烟波浩渺的海疆上

表明国土的属性和里程

如果钢质含量略微超过预期

请将我锤击而延展

成为一根声如鸣镝的钢筋

或者一条钢梁横跨哨所穹顶

作为承载忠诚的构件

排兵布阵

深嵌大山腹部

与树木夯土岩石一起

变成雪域高原最坚固的部分

朝晖夕阴

感知每一双战靴踏出日月节奏

和鸣沙哑喉咙哼出的行军小唱

陪伴灯下键盘与指尖轻快的碰触

聆听金色弹壳坠落坑道的声声脆响

这将成为我一生的终极梦想

也许有一天

当视线牵引飞舞的蝴蝶

当无边草色如春水泛出涟漪

我确信，此时我已重披战袍

在我深爱的国土上

以另一种光荣的存在

重入阵列

子弹的轨迹

久不据枪，手心渗出微汗

如出征赛马在闸厢前

喷吐热气。左右两旁枪声如豆

弹匣的子弹比扳机更焦急

米粒大小的阳光在准星上

跳舞，嘲弄我的弱视和臂力

硝烟如作料混入空气

四月的风渗透战场气息

这是射击训练考核，手枪在握

五颗子弹一颗颗提醒我

一名四十年的老兵

哪怕一次脱靶足以羞愧余生

一

第一颗子弹出击

跳动的枪口

射出一只布谷鸟的啼鸣

飞翔的声音洞穿时空

那时,我本少年

油菜花铺满家乡的春天

野营拉练帐篷绵延

如蘑菇从土地钻出地面

战马在河边嘶鸣

歌声在岸上飞扬

一双双解放鞋穿街走巷

工兵铁锹上下翻飞

一段污泥沉积的小街

竟然还原出青石条路面

暮色轻如纱帐

缓缓降落中学操场

电影《南征北战》开演

子弟兵和乡亲们围坐一起

那么亲，那么亲

红五星帽徽一闪一闪

如同一颗颗繁星

在星空云海里眨眼

我挤在放映员身边

央求戴一下绿色的军帽

放映员弯下腰

为我系上第一粒纽扣

他的食指只有半截

断面光秃秃如同一根香蒲

他说那是敌人子弹打折

怕死就不配穿军装

那晚的风声如此神奇

从没有见过出膛的子弹

眼前却划过飞翔的痕迹

子弹的光热

让一粒稚嫩的种子知道

什么叫春回大地

二

膛线飞旋，第二颗子弹

如一支响箭奋勇向前

血染的风采激发血性

"十八岁，十八岁

我参军到部队"

那时，东山坡的老营房

积雪如棉垛

老兵复退，新兵下连

战友话别一夜无眠

当朝阳穿过第二扇窗口

洁白的床单泛出霞光

我看见老班长

还在门口吸烟

雪花漫过他的棉鞋

这里高山下没有花环

没有冲锋的堑壕

和呼啸的子弹

但有边塞侠骨的馨香

青春无悔的誓言

界碑和战位

立正我萌动的初心

深入我青春的骨髓

我知道

丈量边陲的脚印

也在测量人心

好人的尺码是道德

好兵的词典是牺牲

那晚，旷野的寂静

放大往来的风声

顺着老班长的足迹

祖国的边疆

从未如此神圣而清晰

三

手指扣压，第三颗子弹出膛

子弹，金色的子弹

如同飞过楼群的鸽哨

涌进记忆的耳蜗

那年夏天，一副红肩章

宛如一对红色的翅膀

带我飞翔，当一名战地记者

成为军校毕业的理想

从小就从父辈劳作中知道

一粒种子发芽

只是朴素的感恩

回报土地的最佳方式

只有成为粮食，颗粒归仓

路灯、手电筒摇曳

烛火如小鸟舌头一样跳动

行军路上

握枪的手开始执笔

在一个个绿色方格子里

播撒希望的种子

幸福的种子

人生出彩的种子

香港回归的夜晚

我激情赞美紫荆花香

九八洪水翻起巨浪

抗洪官兵让我泪洒成行

在历史的天空中

我钩沉开国将帅的传奇故事

在平凡的岗位上

我寻找每一个坚守平凡

创造非凡的普通人生

金属笔尖犹如金色子弹

每一道前进的弧线

都饱含对军队的热爱

每一点思想的闪光

都呈现一个士兵的锋芒

四

第四颗子弹破空而出

这是一粒射向顽疾的子弹

通体透明而灼热

比柳叶刀更尖锐

比流星更迅捷更持久

子弹来自一座小小院落

那里白墙青瓦，花香四溢

那里的万道霞光

见证人民军队的定型和重塑

迎接新一轮政治建军的洗礼

子弹闪光而呼啸

引发头脑风暴

击响变革战鼓

锚定新长征的航向

强军的步伐如此铿锵

作为一名老兵

我庆幸亲历浴火重生的过程

我骄傲看到整装再出发的景象

在大漠，我看到

"蓝军"磨刀石砥砺刀锋

滚滚风尘中闪烁智慧之光

在高原，我看到

女子战炮班雪域练兵

英姿飒爽像格桑花一样灿烂

在海疆，我看到

战士挑战生理心理极限

意志如钢铁一样坚强

我更庆幸年过半百

能够蹲连当兵

在备战一线聆听战车轰鸣

看大国重器擎起强国梦想

在一个满载荣誉的连队

重铸一个老兵的忠诚和信仰

五

轮到第五颗子弹击发

圆圆的靶心逼近我

子弹以加速度迎头相撞

一颗子弹的飞行轨迹

让我联想一个士兵的成长

在军营熔炉里

有志青年冶炼、摔打、成才

肌肉群凝结出铜铁的质感

信息智慧累积出火药的力量

闻令而动

思想行动疾如瞬间击发的底火

弹道无痕，初心不变

在这个百花争艳的春天

尽管身手已不再矫健

热血却如春潮冲刷海滩

此刻，我愿化身为子弹

一粒上膛的子弹

一声令下

即刻飞出最美的流线

纵使解甲归田

归来仍是少年

红军制造

阅读军史
标语
绑腿
草鞋
……

阅读军史

在阅览室捧读军史

手指如红蓝箭头一路向前

标注艰难抉择和走向

星星之火燎原

每一片山林都在生长枪刺

每根枪刺都盛开一朵鲜花

每朵花上都写着一个名字

每个名字都演绎一段生命传奇

每个传奇都在指引一条

九死一生的路

我们的队伍向太阳

太阳把黑暗碾压成影子

让初心与梦想发光

让一个年轻的士兵知晓

红旗飘飘，步履铿锵

小米步枪与导弹阵列

镌刻成长壮大的足迹

见证军魂的赤诚和荣光

历史安静如深水

时代翻涌似春潮

汲取军史的智慧力量

让我每次心跳都声如战鼓

强军征途上

青春的骨骼咯咯作响

标　语

城墙　照壁　房前屋后

甚至村口的国槐树干

字体横平竖直

意思平白如话

像一条大道穿过原野

"红军是工农自己的队伍"

"老乡，加入红军有田分"

每一个字都笔力千钧

每一句话都掷地有声

红色的闪电一旦划过长空

劳苦大众热血沸腾

土豪劣绅胆战心惊

绑　　腿

小腿绑裹一层棉制绷带

骨骼 肌肉 血

葵花一样簇拥

坚硬如铁

翻山越岭或急行

泥水 砂石 荆棘的伤痛

远离躯体

胁下生出双翼

来自山民劳作的智慧

被红军用于战争

一道道绷带缠绕飞旋的轮毂

让车辙的困惑和羞惭

一圈一圈印满大地

泥腿子和车轮子的区别

其实就像植物与钢铁

不在于韧性和硬度

而在于谁与土地

维系得更为紧密

草　　鞋

粮食归仓之后

植物秸秆

以另一种方式新生

编织成履

轻柔 防滑 透风

狩猎耕作 或者奔走

竹杖芒鞋轻胜马

一蓑风雨任平生

土地被掠夺

农民沦为饥民 流民

当然也会奋而暴动

就像失去麦穗的茬秸

能够穿透靴底割伤马蹄

谁能想到柔软的植物

那些稻梗 麦秸 乌拉草

能托举着赤脚和耕作的农具

从高山密林

一路高傲地踏上城头

梭　镖

白军逼民

一柄木棍插上铁矛

仇恨便有了锋锐

信仰也有了准头

呼啸 投掷 刺杀

一场殊死搏斗

满山遍野不只有枪和旗帜

还有斑驳血迹的梭镖

一个从长征走来的元帅诗人

后来戴着墨镜感叹

欣看装齐军容盛

忆我曾长梭镖师

针线包

看到一句简洁的标语

就跟上了队伍

配发的不只有大刀、干粮

还有针线包

笨拙的手指能捏碎石头

也能穿引一枚小小的绣花针

缝五角红星、领章

也缝破损的被褥

补丁错落，让灰布军服

在暗淡的天空下变得时尚

针线包如今远离军营

残破的衣物也无须缝补

或许，针线包的品质

更能缝补缺损的意志和灵魂

一滴水

一滴水晶莹而柔软

滑入白雾

穿过枝叶

无声无息

只有晨曦之手

觉察它的存在

水滴石穿

但这石是寒铁所铸

顽劣而日久

冰冷而至坚

一滴生死决绝的水

甚至不能留下

忧伤的泪痕

忽然有一天

在中国南方

一汪湖水沸腾

水汽扶摇直上

掠过太阳的金针

一滴滴水

有了杜鹃花开的颜色

闪耀金色行星的光芒

凌空而下

自带霹雳之声

一滴滴水

前赴后继

连绵不绝

锐如镰刀的利刃

疾如锤头的撞击

声声叠加

仿佛苏醒的巨人

踏出坚实的脚步

天摇地动

一滴滴水

让更多的水

聚集成溪，汇为江河

大河滔滔

势不可挡

寒铁以及寒铁制造的

一切铁链与枷锁

粉身碎骨

而江河之浪花

一路欢腾的小小水滴

在中国大地上

唱出人民心中最美的音符

松潘草地

草地是一个多么温馨的词

野花调动诗三百的记忆

蘑菇或草根激刺春天的味蕾

远处飘来带雨水的云彩

如团扇低垂

躺在湿漉漉的草丛上

如同躺在清风吹拂的麦浪

情不自禁的歌声冲出胸膛

金子一样的音符跌落在水洼里

叮叮当当

骑马的少年，乘着铃铛的节奏

靠近我，枣红马的响鼻

如雨云里柔软的雷声短促而悠扬

时间一流动，幸福便生长

花儿与少年总是让人愉快联想

但这是八十年前的松潘草地

三千五百米之上的蛮荒之野

死亡陷阱纵横六百里

阴晴雨雪风暴飘忽不定

片片草甸覆于沼泽之上

茫茫草地万年寂寞

人迹罕至从不曾见动物的白骨

那一天，草地注定被惊醒

一面红色旗帜的招展

让单调的天空顿时有了色彩

七天七夜，缺衣断粮

自然伟力与钢铁意志生死较量

沼泽被热血烧得沸腾

地狱之门被草鞋和赤脚碾碎

一双双瘦骨嶙峋的手

合力推开陕甘大门——

从此，沉沉一线横穿南北

一支队伍的勃勃生机

与一片草原有了共同的隐喻

我们叫它红军

春回大地

春回大地，那些沉睡在历史中的人

被我用深情轻声唤醒

一个，一个，又一个

他们习惯地穿上草鞋

背上大刀，提起扁担

头上一顶八角军帽

红星闪闪

相隔近一个世纪的遥望

他们的目光依然清澈如水

骨架棱角分明，双手结满茧子

步伐坚定而轻盈

这是一种钢少气多的姿势

它曾让钢多气少的敌人恐惧

我想表白些什么

没有炮火硝烟的洗礼

语言如此空洞而苍白

我想做些什么

没在枪林弹雨中冲锋

身手也没有那么敏捷

但我有一个真诚的军礼

抬起右臂，隔着春天的繁花

向你们庄严致敬

二十四条河流

南湖水，一九二一年的涛声

在中国堤岸澎湃

水无定势

承载红船的澹淡清波

五指峰上的水口飞瀑

生命力张扬与隐忍

如流水在城市与山冈激荡

水随山而行

山界水而止

水至柔，而一旦奔流成河

便撕裂山石，摧枯拉朽

推动堤岸滚滚前行

长征就是一条滚滚洪流

南湖的波光与桨声

引发于都河畔的战马嘶鸣

红色潮流北上

山川横阻

狂暴的水裹挟流沙

变成追魂夺命的绞绳

闪耀赤焰的铁链

江水殷红，湘江泣血

竹筏飞跃，乌江屈首

奇兵如神，赤水顺服

金沙江水拍打云崖

大渡桥上铁索寒凉

白龙江、腊子河、渭河

二十四条大江大河

对于长征这钢铁洪流而言

每一次彻底征服

就是一次生命成长

一次灵魂荡涤

一次钢铁淬火

长征如潮头

带动二十四条大河奔涌

血管一样遍布神州大地

生命之水如热血

人民自此得以滋养

幸福如鲜花自由开放

上善若斯水

至清又至纯

我喜爱的一个人

我喜爱他

很早很早就喜爱他

喜爱他撑着油纸伞一袭长衫去安源的样子

喜爱他头戴八角帽背负青山英俊的样子

喜爱他那充满辣味的湖南口音

喊出"中国人民从此站起来了"的样子

喜爱他横渡万里长江后

穿着宽松浴袍朝我们挥手的样子

我喜爱他

很早很早就喜爱他

他手中没有握枪

有时是一支烟

更多的时候是一管毛笔

他把对国家和人民的爱倾注在笔端

所以书法潇洒俊逸

文章字重千钧

在那支挺立的笔面前

一切反动派都是纸老虎

所有飞机大炮都如烟一样消散无形

我喜爱他

很早很早就喜爱他

他的爱情也是青青子衿悠悠我心

他的思念也如潮水一样不可断绝

他说我失骄杨君失柳

他说泪飞顿作倾盆雨

他的爱情也是普通人的爱情

爱得炽热，爱得深沉

爱得让人为他心疼

现在我更喜爱他

但是他不在了

我看不见他

他的样子刻在心中

我想念他

第五辑

生活微光

青春伙伴

疼痛

极寒地带

如一只饱食的猛虎穿过幽谷

……

青春伙伴

晨光穿过松叶树林

雾岚丝薄如流苏

墓碑上的名字

站在青草坡地

露水爬行

黑色碑面发亮

照见一张张摇晃的脸

矢车菊鲜艳

释放记忆的风暗香扑鼻

天南海北的青春伙伴

默念曾经的姓名

一个绰号脱口而出

空气忽然喧腾

就像沧茫的海面

浮现一只孤独的帆影

疼　痛

青春期，一切试图证明存在的

激情演说，闲坐幽思

深入秘境，在高山悬崖顿悟

或者清醒着喝酒

看夕阳在杯中一点点沉没

一切刻意装扮的人设

都不如一种疼痛来得真实

痛彻心扉不是切割

而是一条丝线

牵扯神经的抖颤

它时刻提醒活着的意义

人世间一切活色生香

不再有颜色和滋味

极寒地带

每一阵寒冷都那么具体

甚至说一声谢谢

就会耗尽体力

但我知道你还醒着

醒着的冷

比梦着的冷坚硬

如果多年的虔诚

得到一次上天的垂怜

多想舍身赎回我的罪过

让你此刻化身为凰

黑暗里飞来百鸟的翅膀

每一张灵巧的嘴

都有一根跳动的火苗

如一只饱食的猛虎穿过幽谷

麦收。金黄的麦浪归仓

妹妹的镰刀

让松软的土地布满箭镞

田野危机四伏

这个季节　我不能等太久

不能等一兜兜麦茬

慢慢干枯　沤烂成泥

失去刀锋的刃口

所以我自戴命运枷锁

脚蹬碾压一切敌意的铁鞋

穿过去　从麦田里

径直穿过去

恰如一只饱食的猛虎出没幽谷

步态笨拙而意志自由

月光里唯我存在

大摇大摆

诗意居住

每张面孔都是千百次印象沉积

每个故事都有绘声绘色的背景

在边陲小镇

街里街坊凡事都讲人情

前庭后院遇见即有尊卑

一棵国槐的哲学高度

掩藏蝉鸣的名声

也遮盖青砖黑瓦的院落

炊烟冲破晨雾

麻雀从墙洞飞出

穿街而过的电线上

闪烁一长排黑亮亮的眼珠

嗯，每天都是这样

密密麻麻都还饿着

叽叽喳喳却那么快活

爱情是银的

冬天栖身老屋

让人温暖的只有炊烟

背你到家

像背着一捆柔软的引火柴

你靠在屋檐下

认真听我描述未来

我要建造一座水晶宫殿

银的飞檐　银的台阶

银的树枝　甚至银的地面

小银人举着银烛台

我们的舞步彻夜不眠

话音未落　天就下雪了

我们冲进院子

在一片片银亮的雪花间旋转

你的脸、鼻子、嘴唇

像杜鹃花花蕊艳艳地红着

让我实在的感觉

冬天到来不久

春天就迈进院落

春天的旋律

1. 春之芽

如雨后土拨鼠洞口试探

茶树吐出鹅黄芽尖，浓雾如薄纱

柔软山谷的春天

比春天更柔软的姑娘

唱起古老的歌谣

春芽的憧憬生生掐断

离开枝头，在热锅里揉捻

慢慢收缩的皮肤

裹紧春天的滋味

没有目的，远行泊于邂逅

一个安静的午后

阳光从玻璃窗外窥视

生命起舞，沸水中

残损的人生舒展容颜

重逢的热泪

悉数化为甘甜

春风满面

2. 春之舞

在一只鸽子看来

不是所有的展翅都为飞翔

譬如奔向食物的雏鸟

迎向母亲怀抱的童年

从泥土中探出手臂的叶子

行走在街头时

忽然看见一位久别的故人

鸽子一旦张开孱弱的翅膀

只为重返蓝天

但是，蜷缩了整整一个冬季

瑟瑟的啁啾

振翅的记忆

空气中流动的哨音

全部在寒风中凝固而沉寂

圆圆的红宝石眼睛

羡慕一只甲虫飞舞的春天

三月的风开始湿润

雨滴暗藏野外的花香

焦躁不安

跃跃欲试

伸开双臂

胁下生风

一只面对春天的鸽子

每一片收紧的羽毛

终将释放

3. 春之风

柳枝已经返青

荆条露出乳牙样的尖蕾

大地散发冰雪禁锢的肥沃气味

群鸭涟漪着池塘的笑意

所有迹象都在指向一次开始

所有蛰伏都在等待一个结局

这些她都知道

但迟迟不来

一个多么粗心的姑娘

迷路在我乡间的小路上

4. 春之思

想在天空上写一行字

云不平整

想在湖面上留一句话

水不平整

想在原野上刻一首诗
路不平整

想在春天里描一幅画
心不平整

想在思念里喊一个名字
远方不平整

在雪地里飞舞的春天

在雪地行走，梨花缤纷

没有遮掩的水汽

显示呼吸的本来面目

回归季节和本能

道路如花枝伸展

一朵朵桃花

悲喜交加地绽放

生命的色彩

比漫天飘雪更灿烂

这个雪天

我写不出冰凉的诗句

因为爱

心里总是飞舞着春天

繁华盛开

我的诗歌瘦如一根悲悯的火柴

世界不再需要诗歌的年代

我庆幸还在想着写诗

想着伸出浴血的手指

想着它瘦如一根悲悯的火柴

在角落里寂静燃烧的样子

想着黑色村庄里那些闲置的风景

想着空气里飘来麦子的味道

想着炊烟升起的地方

寻常日子如此鲜艳

想着那一扇曾经让人心湖摇曳的窗口

忽然透出一丝灵魂的光亮

世界不再品读诗歌的年代

我写给你的诗歌幸存下来

在我伸出手指的方向

那些温情的文字

那些从眼睛里飘出的身影

自唇间吹响的忧郁哨音

在心尖上像露珠一样滑动的思念

依然固执保留着

鲜血的颜色和做人的尊严

也许有一天

你从陌生世界归来

在寒风回旋的昔日院落

你会不经意地发现

那些曾在火柴里燃烧的文字

依然躲藏在灰烬的余温里

安静喘息

这将是这个世界

你唯一能够听懂的语言

鸟从巷口飞来

一只鸟落在枝头，羽毛蓬松，花叶抖颤

就像一个戴草帽的人倚在墙角喘息

从弥陀寺巷深处吹来的风

让人隐约看到菩萨藏在空气里的微笑

我离鸟那么近，离一九六八年那么近

仿佛一呼吸就会令它惊飞

但我看不清枝头上的鸟的眼睛

就像看不清那个喘息着的黄昏里的人脸

命运的隔阂总是让人备受煎熬

也许菩萨会从云层透出光亮

引导我的目光穿透树叶

看清那只鸟之眼里的倦怠和忧伤

或者，吹向远处的风回涌巷口

我的目光穿过万千佛图和寂寥精舍

忽然迎向那张面朝苍穹的脸

但我不能等到阳光西落

枝头空空，巷口空空

如果不是碰巧相逢

谁能知道我们都曾如此孤单而落寞地爱过？

寄给万福店农场的信

万福店离唐镇十五里，小朱

万籁俱寂时，我离万福店八万里

不是坐地日行，菩萨慈悲

只想给你说这异乡里的风情——

不，还是算了吧，这里弱水三千里

也无外乎是

云飞于野，鸦栖寒枝

一九六八年春天挑选的词句

全都涂抹在纸上，这些抄来的话

现在让我羞愧，小朱

一张张写满潦草心情的纸

揉搓成团，扔在空中

那些墨迹会在雨里洇散

化作一朵朵乌黑的云团

如果那云朵能飞、能飞、还能飞

小朱，我就会看到万福店农场

看到高大佛像旁的低矮屋檐

看到一只只温暖的饺子

被你轻轻丢进沸水，起落沉浮

小朱，我知道

缓缓溢出的不只是麦香

也丝丝游动着你留下的墨迹

此致，敬礼

没有一片树叶告诉我秋风萧瑟

月光托举一片雁羽悬浮

飘流瓶里柔软的绒毛丝滑

漫散射的海岸线丝滑

瓶身上谁的山川一样的

神秘掌纹丝滑

丝滑如平行世界的时空经纬

走向炫彩而混沌

青春的睡意与梦想

无从抵达

宇宙法则和生命哲学自相矛盾

真相却会自证清白

就像月亮并不总在天光昏暗的

夜晚出现

现在，乌鸦的剪影正徐徐飘来

宛如森林女巫扬起黑丝绒的斗篷

一张呼风唤雨的脸

让人寝食难安

世间目之所及的一切陌生感

都是曾经有过的不期而遇

如同月出东山之上

小河桥下流淌

是的，丝滑的月光让我明白

三叶草上的露珠为什么慌张

妙应寺的白塔为什么经幡高扬

槐树枝上摇晃的钟声

为什么一次次飘过耳旁

东西南北通透的风

为什么吹往一个方向

没有一片树叶告诉我秋风萧瑟

夏天去得如此匆忙

每朵雪花都认真地飘落

雪天，我与自己重逢

推开门，寒暄，让座

喝着冒热气的茶

陌生感的天气让对话熟络

一切如释重负

门外的雪地一路向西

隐约有人朝着亮灯的地方飘移

沉重的身影让夜色

轮廓分明

喘息声越来越近

如同尖刀抵住咽喉

尽管没有月光

我还是一眼认出了自己

唉，重逢真让人寒冷

谁知是在什么时候

我把走失的自己

过早留给了冰雪的世纪

冬　至

拆除包装箱

把一截截短木码放齐整

阳台一隅

便有了烟火气息

没有灶膛，这堆城市里的柴火

不会有献身的机会

就像习惯在黑暗里低吟的人

并不喜欢光明

雪花一朵朵飘落

灰暗的小柴垛上

积着厚厚一层时光

那个遥远的院落渐渐照亮

枝头麻雀振翅飞去

你劈柴的声音和笑

突然响在耳旁

下雪了生火，水开了泡茶

现在，我决定慢下来

像生活万物本来的样子

一片叶子慢慢地枯萎

一朵莲花慢慢地吐蕊

一只青蛙慢慢地游动

一张纸笺慢慢写满字词

夕阳慢慢落下去

月亮慢慢升起来

是的，我要慢下来，慢下来

慢慢征服自己

或被一个正在赶来的人征服

让真实回归真实

让季节转换得像个季节

让人活得像一个人

是的是的，我要慢下来

在山涧旁的草房子里

在炫彩灯火照不到的地方

下雪了生火

水开了泡茶

正午炊烟袅袅

夜晚繁星满天

蓝火苗红火苗

煤气灶眼啪的一声点燃

幽蓝色火苗

一团忧郁的鸢尾花

一个面容冷峻的男人

一只仰望上苍的眼睛

一双合十又摊开的手掌

砂锅，如城市的堡垒

被蓝火苗托举

吐着丝丝长气

周身流出惊悚的汗滴

火的颜色以往不是这样

低矮的老屋

灶膛阔绰得像一个绅士

头戴黑色礼帽

衣边一直延伸到膛底的灰烬

秸秆兴奋

燃烧、炸响

飞溅的火星穿过烟雾

撩拨食物的滋味

红红火火的火

那么旺

高高低低跳跃

你的微笑

如此温暖而含蓄

小　五

四月的最后几天

忽然想起故乡的老屋

想起灯下糊纸盒子的姜姨

想起讲鬼故事的马叔

当然，还想起小五

三十米巷子危机四伏

游走眼闪蓝光的狗

红颜色的老鼠迅疾驰过

无面鬼从故事里逃脱

从青苔黑墙忽然探出头来

是小五送我回家

硬塑底布鞋敲着青石板

高一声低一声

让我多年后仍为懦弱而羞愧

时间如水把世界浸泡得奇怪

人来人往的街头

熟悉的身影悄声离去

想象重逢的微笑和眼泪

让人沮丧和孤独

就像这四月的湖边

每片叶子都在隐藏花开的痕迹

隐藏那些颜色那些姿态那些香味

春天走到了尽头

四月的最后几天

我想不起繁花的样子

只在心里希望

这么多年过去

那些沉淀在心底的名字

一个个飘逝的身影

会在某个时刻突然清晰

让我一眼认出

让我脱口而出

小五，你在哪儿呢？

兰州拉面

向西，向北

一马绝尘，啸啸嘶鸣

谁眼含着戈壁荒滩的泪水？

麦穗金黄，蓬草青青

谁又心照着敦煌佛光的慈悲？

文化遗存的千年伤痛

连同陇西作物的隐秘记忆

让一种普通面食

突然焕发黄土地的狂野和柔情

此刻，面对这百姓美味

故乡和异乡

立刻缠绕在一起

真想把筷子敲出金戈铁马的节奏

扯起嗓子吼上一曲

让一只幸福的海碗

翻腾出九曲黄河的滚滚涛声

但我必须保持矜持

像先民那样蹲在屋檐下

轻轻挑起一根面

就像从心里牵出一缕长长的情丝

丝路花雨，驼铃声声

一头系着天南海北的漂泊

一头系着魂牵梦绕的金城

空　白

赶走，把李白杜甫庞德聂鲁达

把所有在心里居住过的大师

和彼此蔑视的新潮诗人一一赶走

把经典诗句和修辞

以及躲藏在诗句缝隙里的美好意象

赶走。只要空白

空白的天幕

空白的山川

空白的天堂

空白的人间

挤占身体的物质

也多余。舍弃一切思想

让终点回到起始

美梦复归虚妄

所有空白连成更大的空白

如果空白也赘余

赶走空白

如同远处飞来一只蠓虫

笔尖坠落一个墨点

或者，连同我也赶走

只留一只眼睛

在空白之外高悬

白眼众生

西码头

在西码头等一只船归来

日日夜夜

等待久了就有传说

巫山神女峰

石林阿诗玛

甚至一只回头的驯鹿

但是，西码头没有水

河道茂盛着灌浆的

闪着红缨子的玉米

它们亭亭玉立

村姑一样微微笑着

红嘴唇露出排列齐整

珍珠甜白的牙齿

春风沉醉的别离

是时候与春风告别

回到冬季

回到寒冷的起始

一个被阳光灼伤的人

呼吸里只有花香

草根甜蜜味觉

日子闲适而慵惫

便忘却冰霜的冷

寒冷并不因遗忘而消失

彻骨的冷激发潜能

冰凌悬于檐下

肌肉保持紧张

目光像凄风一样敏锐

随时看清生死

而春风像一个醉汉

总在云里雾里

与一个朝思暮想的人

撞个满怀

稻子在田里，米在碗里

稻子在田里

米在碗里

每粒米，每粒米

那么软糯、洁白

你插秧时回头看我

每颗牙也是这样

米白。你的衬衣是绿色的

你割稻子时回头看我

每粒汗珠也是这样

闪烁光芒。太阳是米白色的

你淘米时让我紧紧围裙

每根头发飘散着米香

灶火，是一闪一闪的红色

稻子在田里

米在碗里

筷子搅动米粒的心思

我们互相看着

眼里闪着米粒一样的

泪光

有个叫安居的老街

比幽深还深的街巷

夕阳和树枝

推推搡搡，我的影子

跌倒在残缺的石板上

门，吱呀一声打开

空空荡荡的老屋

如一个穿旗袍的民国妇人

依稀红妆

露齿微笑

忽然忘记从何处来

到何处去

忽然记起那首遥远的歌谣

忽然就想

有一句没一句地唱

就像一只只红嘴沙鸥

掠过老屋

拍响翅膀

远处码头

一条大船正在缓缓抛锚

一只黑亮的蚂蚁停在鲜艳的叶子上

假如你是一片叶子

我就是一只蚂蚁

从青草的缝隙里穿过

沿着大树的褶皱

爬向你

停在你绿色的透着亮光的背面

忽然离你这么近

叶脉如此清晰

容颜如此娇艳

忽然决定就这样栖息着

倾听你喘息

跟随你枯萎

直到秋风骤起

跟随你飘浮、旋转、落地

如同一个穿燕尾服的绅士

拥抱着心爱的人

翩跹起舞

黯然离去

一束灯光射向天幕

所有仰望的人都能看见

一片叶子的心里

闪亮着一点奇怪的黑

集市、马车和晾衣杆

套上马车去唐镇

马蹄飞扬

街市是一片梦幻的海

人潮汹涌如船启航

一路翻腾泛白沫的波浪

就是这样，天色大亮

马儿摇响铃铛

那想见的人就在海上

晾衣杆一根根探出楼房

就像桅杆密集的海港

万国旗忽然闪烁五彩霞光

那三牌楼下有梦中想见的

青色衣衫透着桔香

就是这样，人在仰望

马儿低头碰响铃铛

多想化成清风涌进弄堂

穿起那件青色衣裳

穿衣的风便有形，便婀娜，便窈窕

便如海滩上放飞的纸鸢

俯瞰一地碎如贝壳的亮光

宿命终将为风声所破

就是这样，太阳落山

马儿甩响铃铛

晾衣杆上或空空荡荡

没有人来打扰我们的冬天

门开着，没有人来打扰我们的冬天

火盆里新添了往年的积炭

你面带忧郁，欲语还迟

就像那年傍晚的雪花轻落阶前

落一片、化一片

可谁能忘却百转千回的寒冷呢

此刻，沉寂如此令人窒息

一次急促的呼吸

就能让屋檐下的冰挂断裂

火盆，突起青烟

一节不能充分燃烧的木炭

遮掩隐忍的泪水和不安

拿起火钳轻轻敲打，炭火

重又燃烧

在你我之间火星乱溅

灰头土脸的火盆

只是飘雪时才会想起

灰头土脸的火盆

从某个闲散的角落

挪进堂屋，青烟缭绕

看它形如低矮的怀抱干柴的妇人

在黄昏浓雾里咳嗽声声

这是一年中最寒冷的时刻

微弱的炭火足以温暖人心

就像一个孤独的旅人

隐隐听到远处传来的歌声

但是，我的城市没有火盆

在温暖如春的楼宇

我将有一个冬天的寒冷

我们围坐在灶台边

我们围坐在灶台边

守望美食。松木锅盖之下

欢腾着鲜嫩鱼块和玉米帖饼

熟悉的味道让我们兴奋

却又默不作声

这里的煤气炉火安静

不同于老屋的灶台

那灶膛塞进棉花的桔梗和纠缠的稻草

火苗旺旺地舔舐锅底会丝丝炸响

灰烬落在底层，古老作物的余温

把预先埋好的红薯、板栗和枣

焖出绵软金黄的色调

即使是这农家灶台的样子

也会让城里的我们默念乡村

默想清晨或黄昏的炊烟升起

默想溪边赤脚碰触到鱼虾的惊喜

默想那一年，你坐在灶台口

轻轻撅断一枝桔梗

温暖的灶火映红你的脸

墙壁上跳动着你出神的身影

故乡老屋早已灶台空空

没有铁锅没有惹人流泪的柴火

就像一只泪水流干的巨眼

仰望梁上晃动的吊篮、烟熏火燎的椽子

黑瓦上面的青苔，但是

它看不到屋顶外的苍穹

看不到城市的天空下

我们会一起围坐在锅台边

每当揭开时间的锅盖

美食的味道便会挟裹热气

久久缭绕，而我们

瞬间已是泪流满面

用刀子写下温情的诗句

很久以前，诗人用刀子写诗

甲骨上 竹简上 青铜上 碑亭上 山石上 摩崖上

刻一笔是一笔，写一句留一句

风吹雨打日晒，字迹渗着青苔

斑驳的日子越久远

人间的味道越浓郁

相比古人，我的诗歌了无趣味

所以我决定抛弃笔墨乃至键盘

把刀子磨得闪出寒光

不是模仿古人写诗，而是刀口向内

划过雪白的纸，和不会喊疼的桌子

耐心等待深刻伤痕一道道泛出血泪

观照灵魂的角落渐渐透明

那些隐晦的 直白的 炫酷的 清冷的

现实的 魔幻的 丰腴的意象

那些刀子刻出的字词诗句

一个个瘦骨嶙峋

它们不比刀子锋利

却比刀子更冰冷

足以让一个冷血的人

不寒而栗

我比春天更盼望春回大地

不是昭阳宫中传奇美女赵氏飞燕

不是雷台汉墓稀世珍宝马踏飞燕

不是飞入寻常人家的王榭堂前燕

我想看到的燕子只有两根长辫子

辫子从画轴上软软垂下来

随风在山石花鸟前轻轻摇摆

一根系着闭目的心情

一根悬着睁眼的慈悲

是的是的，是你告诉我辫子的名字叫惊燕

是你说惊燕让画里画外的燕子生动起来

是你说那时家住茅屋的人心境那么平和

是你说燕子有天飞走了于是画轴上也没有辫子

是你还说，即使春天来了

谁家的楼宇又能飞进燕子呢？

这话让人忧伤，我想起有二十年没再见过燕子

我不知道燕子会长成什么模样

但她如果出现，我肯定一眼认出她

第六辑

春天的歌唱

我爱你，中国！

春天，百花在百鸟争鸣中盛开

沐浴春风的人，亮开嗓子唱支歌吧

让动人音符在每一片花瓣上跳跃

看花瓣如少女浮现花样的笑容

我爱你，中国！

想让歌声直抵青春的中国

可未经风霜的嗓音与青草一样纤弱

所以我邀请吟出七子之歌的闻一多

与屈子对酌而高唱橘颂的郭沫若

眼含热泪把这大地爱得深沉的艾青

活着就是愿别人活得更好的臧克家

我邀请每一个声音都结晶思想的歌者

每一个声音都渗透真情的人

一起唱出劳动号子一样步履铿锵的声音

一条大河稻香两岸宽阔无边的声音

谁不说俺家乡好的骄傲声音

五星红旗迎风飘扬的自信声音

我爱你，中国！

多么想听

这样舒畅的胜利的嘹亮的金色歌声

多么想听

这韵味不同而音律和谐的春天交响

多么想紧贴能发出这天籁之音的胸腔

聆听一颗颗赤子之心澎湃的跳动

我当然知道，这些声音遥远而真切

没有澎湃的心跳

不能支撑那刚柔相济的气息

没有深厚的气息

又怎能发出响彻世纪的高唱

我要和神仙湾的哨兵

在喀喇昆仑之巅歌唱

让离太阳最近的声音

闪烁金色太阳的光辉

我要和礁盘上的水兵在南海前哨歌唱

让海水浸泡的音符

回荡万里海疆的滚滚涛声

我要和三位刚从太空归来的勇士歌唱

让凯旋的喜悦引爆亿万人内心的欢喜

我要和天南地北的父老乡亲歌唱

让五彩缤纷的方言

汇成最通俗最质朴的祝愿

我邀请每一个声音能直达心灵的人们

一起唱出心里热血涌动的声音

让动人音符在每一片花瓣上跳跃

每一片花瓣都如少女浮现幸福的笑容

我爱你，中国

春天的歌唱

春天，把自己种入土地

让血肉发酵滋润骨头

开一片最鲜艳的花

结一树最甜的果实

让每片叶子都滚动清澈的露珠

我要供养每一个路过的人

看一只草蜢洗刷去噩梦的碎片

听一双翅膀扇动起明亮的清晨

我不求任何报答

只想像原野上的花鸟一样

舒展容颜，自由歌唱

灵魂的歌声上天入地

九曲连环

这是魔鬼与天使亲吻过的声音

每个音符都背负着一个生命

亲爱的人，如果你停下来

就请站在花海里

伸出手扶着我的肩膀

我邀请你一起歌唱

请告诉那些行在远方的人

回响在春风里的歌声

谁也不能阻挡

高原哨兵的节日

每一天始于隔空对视，雄鹰与哨兵

犀利的眼神刺穿河谷

山巅之上，夏季风澎湃

温暖的力如掌心轻推后背

枪管与衣领发出蜂鸣

无人机升空，如同山鹰奋力展翅

霞光洒落的山河岁月，逐一认证

哨位是神圣国土的坐标

哨兵价值思考的原点

这是节日的清晨

一双习惯于伫立的脚

忽然想化成一阵奔跑的风

想让盛世中国的过往

犹如一幅巨大油画

一寸寸呈现眼前

风，高原清爽之风

无边无际，忽聚忽散

想涂抹雪莲的清爽颜色

显示泉流的冰凉质感

比鹰击长空更流畅更舒展

握枪的双手徐徐张开

每根手指如风一样柔软

抚摸天山顶上的明月

阴山脚下的羊群

亲吻秦岭南北的村镇

南海深处的帆影

延伸红色的经脉

让士兵信仰的血

滋润每一朵鲜花的容颜

风，张开自由坦荡的双臂

一路留下爱的拥抱

莽莽昆仑之外的浩瀚沧海

智慧城市与美丽乡村

东方传奇以及中国故事

所有擦肩而过的拥有

以及荡人心扉的感动

全部嵌入哨所边的云杉树

一年春来冬去，一圈年轮成熟

此刻，只想告诉你

祖国啊，有一种屹立或驰骋

只为永远和你在一起

十月的花篮

江南水稻，黄淮小麦

大平原上的珍珠小米

黑土地里的颗颗大豆

以及安静如月光的陕甘糜子

这些来自大地的粮食

此刻相聚相拥

在十月的桂香里

呈现五谷丰登的吉祥寓意

站在这七彩花篮下

阳光铺满每一块方砖

五星红旗迎风招展

民以食为天

粮食里有自强自信的力量

花香里有伟大复兴的梦想

深嗅这人间烟火气息

我的胸腔开始轰鸣

脱口而出儿时的歌谣

"花篮的花儿香

听我来唱一唱……"

想起那只花篮

衣衫褴褛的先辈们

盘腿坐在炮火犁翻的坡坎

长征道路和生命骨架

如同坚韧的经纬

一寸寸编织献给未来的花篮

黄土高原的沟壑中

从此生长一种不灭的信念

我们叫它自力更生

大江南北的春风里

从此萌动一种美好的希望

我们叫它丰衣足食

如今，一双双新时代的巧手

举起锤头锻造一根根钢铁龙骨

挥动镰刀收割一枝枝金色藤蔓

血染的红飘带凝结为炫彩的流苏

历史风云涤荡出开放的现代结构

这只庆典的花篮

秉承先烈的红色工艺

赋能时代的工匠精神

海纳百川

气吞山河

屹立在城楼与纪念碑之间

花香直达历史深处

回响伟人经典的呼喊

萦绕人民深切的缅怀

仰望花篮，让我泪水盈眶

短暂的幽思中

花篮开始轻轻摇晃

仿佛山巅的雄鹰

忽然伸展有力的翅膀

是的，花篮在震动

在升腾，在飞行

如神舟游弋浩瀚星空之中

如高铁驰骋绿水青山之间

如长桥飞跨南海伶仃之域

如航母临于万顷碧波之上

时光移动的一切痕迹

都是共和国成长的巡礼

多想随着花篮一起飞翔

看看世界的中国

和中国的世界

多想迎着霞光一路畅想

就像儿时歌声天真烂漫

"花篮的花儿香，

听我来唱一唱……"

大鹏奋飞

大鹏奋飞，飞行的眼睛

俯瞰山河

立体拼图繁复而多姿

线条色块流光溢彩

城市乡村绵延

高山森林起伏

战机阵列呼啸而过，大地

跳起欢庆的歌舞

折损翅膀就会失去天空

没有空军就没有制空权

举步维艰的日子

遥望蓝天，凌云壮志不灭

鲜红的旗帜如火如炽

让信念在血脉里如江水奔流

开国庆典上

十七架战机一飞冲天

一代蓝天卫士

把保家卫国的忠诚誓言

永远留在心间

沐浴共和国初升的太阳

人民空军迅速成长

一声号令，搏击万里

金达莱盛开的地方

英雄驾战机杀入重围

中弹迫降，又升空迎敌

英雄气，气贯长虹

烟波浩渺的南海

英雄不归

祖国的海空上

至今回响一声最后的呼答

我已无法返航，你们继续前进

前进，人民空军自强不息

昂首阔步七十五个春秋

前进，人民空军肩负使命

中国梦强军梦指引航程

前进，人民空军意气风发

在更高更远的地方

大鹏奋飞

风暴雷电的锤击洗礼

让每一片羽毛都坚韧如铁

新时代的蓝天下

一个声音反复回响

那声音穿透历史的风云

依然自信坚定

依然声震寰宇：

建立一支强大的人民空军

保卫祖国，准备战胜侵略者

流光溢彩的中国

一九一九，雪落苦难中国

层层堆雪让大地如高龄孕妇

生命的萌动与期待

每一个寂静夜里的躁动不安

黑暗的沉重感

以及关于黑暗的想象力

如撕扯不去的纱布裹紧身体

梦魇一样不能动弹

二十世纪初的绝望眼神

不能穿透强权与霸凌的巨网

不能看到或想象看到

有一束光源如同一汪泉水

正被追光的先行者掬在手中

那光穿越西伯利亚的寒冷

蕴含炮弹炸响的闪光

光，盗火者的光如此切近

刺破肌肤，炙烤血肉

点燃一群思想者的梦想

是的，光，一束光

即使一束光

也具有撕破黑暗的力量

它在昏暗的石库门里点亮

摇晃在南湖狭窄的船舱

又从湖面跳跃到丛林、山冈

在风雨飘摇的岁月

它有时暗淡

几乎熄灭、消失

但每次又起死回生

一次比一次耀眼

光，一束生命和希望之光

因为贴心、暖心、照亮心

一个个追光人被点燃

更多的光聚集起来

成为火炬，熊熊烈焰，燎原之火光

黑暗被焚烧

远方的海面上

一只船的桅杆升起满帆

船舱里传来

一声响亮的婴儿新啼

东方破晓

光与追光人温暖大地

每一粒金灿灿的种子

在雪山萌芽，在草地成长

一棵棵顶天立地的大树

日晒风吹雨打

苍枝依然遒劲，叶片依然飘红

一颗又一颗种子

迎着光如伞兵天降

钻进岩缝、洼地、高坡

落地生根，枝蔓遍野

一片茂盛森林傲然屹立东方

现在，十月的阳光

即将照在地球仪上

我伸出操枪弄炮的手

轻轻拨动山河

色彩斑斓，日月旋转

这是欧亚大陆，这是北美

这是非洲……

当手指在我的中国停留

忽然激情四射

忽然泪水涌动

忽然想用灿烂的诗行赞扬

我的诗句来自唐诗宋词

意境优美，曲调婉转，气势绵长

但它不足以呈现沉重与沧桑

苦难与辉煌

我是新时代的追光人

在这流光溢彩的时代

每时每刻都在闪耀诗的品质

我把心里流淌的诗告诉江河

把眼里看到的诗告诉大地

把血液里奔腾的诗

告诉我深深爱着的人民

嘿，这就是光芒四射的样子

嘿，这就是我可爱的中国

队　伍

一栋石库门，一叶南湖舟

一声城楼的枪响

一道山冈的花香

一条二万五千里艰难跋涉

一座延河岸边的高耸宝塔

一个信仰，一把枪杆子

一方根据地，一面血染的旗

这些星罗棋布的名词

一个个时间节点和地理坐标

闪耀在历史天空

在血雨腥风的背景里

无缝连接

构成一个连绵不绝的惊险棋局

步步惊心，九死一生

这支队伍一路高举信仰的旗

聚集光明、蓄积意志、汇聚力量

如果世上真有奇迹

那必源自血与火升腾的烈焰

生与死较量的悲怆

必源自枪林弹雨中的冲锋

炮火硝烟的炙烤

源自命悬一线的生死与共

战地黄花分外香

血肉之躯一旦注入信仰

便在烈火中淬炼为铁

熔化为钢

成为支撑苦难中国挺直的脊梁

当一幅幅标志性图画

在纪念日的天空次第展开

是那么波澜壮阔，色彩斑斓

只是看上一眼

感动的热泪就涌动心田

井冈山，竹海青青

一根坚韧的毛竹做成扁担

一边是镰刀锤头

一边是马列主义

横在肩头便挑起了中国

鸭绿江，白雪皑皑

一个必胜的信念铸成钢桥

这头是生死战场

那头是美好家乡

一场"钢少气多"的伟大胜利

自此立起新中国的威望

中国梦，绿水青山

一个宗旨时常叩问心间

左手握着人民至上

右手举着美好生活的向往

撸起袖子加油干

"两个一百年"宏大愿景

一步步展现眼前

大道至简

人类命运共同体顺应时代

一头推动发展

一头维护和平

自信而真诚的中国

以更加开放的姿态拥抱世界

历史和现实交汇的那一点

如同深入土地的种子

悄悄化为七月的禾秧

红星照耀当代中国

新征程上

这支队伍朝气蓬勃，勇往直前

向着光明阔步前行

金秋，风展党旗美如画（长诗）

序

最美秋意浓，十里长街香

此刻，北京的秋天是金色的

金色的银杏，金色的桂花

金色的丰收谷粒，金色的万道霞光

比金色更夺目的是盛会召开的喜讯

旗正飘飘，马正萧萧

度过百年华诞的中国共产党

正将新征途的火炬点亮

看啊，风展党旗美如画

从一只小船在南湖上飘摇

到东方巨轮迎着朝阳驶出海港

从任人宰割饱受欺凌的破碎山河

到绿水青山就是金山银山的大美气象

只此青绿间，沧桑已百年

真　　理

历史深处的惊涛与当今世界的惊叹

汇成一句震撼人心的问答：

中国共产党为什么能？

中国特色社会主义为什么好？

归根到底是：马克思主义行！

自信的回答来自初心使命和坚定信仰

这是一种鲜明的政治品格

这是一种强大的政治优势

这是中国共产党踔厉奋发永葆青春的

制胜法宝

十月革命一声炮响

给中国送来了马克思列宁主义

一句话的经典穿过历史的天空

显得如此意味深长

它承载多少仁人志士的艰难探索

饱含多少革命先驱对真理的渴望

那个正在觉醒的年代

寒夜是一只冰凉的手

冷漠的抚摸从头到脚

疲惫的人变得麻木

黑色或黑色的感觉

成为唯一可以梦见的颜色

而先驱醒来

先驱之所以与众不同

就在于能把适应黑暗的一切妥协

全部变成寻找光明的力量

哪怕只是一根灯捻

也要点亮它

哪怕燃烧自己的血

也要让周围的人看到

东方的中国必然破晓

山区早春，四壁寒凉

翻译《共产党宣言》

简陋的柴房书屋瞬间成为殿堂

母亲特意裹了糯米粽子

叮嘱陈望道蘸了红糖趁热吃

沉醉于翻译经典的儿子

满嘴却是"够甜了"的墨汁

墨汁何以能甜过红糖

因为真理自有味道

它让人世间的一切苦涩滋味

尽数化为甘甜

真理甜蜜的滋味

唤醒先行者的思想味蕾

加速马克思主义的传播

白雾深锁黎明

垂危的民族窒息

一双双习惯握笔的手

心里亮着主义的灯

激扬文字，呐喊，抗争

操起镰刀、锤头

让金属碰撞响彻大地的声音

迸射燎原的星星之火

而理论一经群众掌握

就会变成强大的物质力量

沉睡的人们从黑暗中被唤醒

从农村到城市

举起大刀、长矛

以及耕植土地的农具

把紧套在项上的锁链砸得粉碎

从建党的开天辟地

到新中国成立的改天换地

从改革开放的翻天覆地

到新时代新辉煌的惊天动地

无论时代如何改变

顶天立地的中国共产党人

始终把马克思主义写在自己的旗帜上

与中国革命具体实际相结合

走出自己的康庄大道

正如长征路上

一次次卓越的军事突围

总是伴随着一次次成功的思想突围

一代代中国共产党人

始终赓续精神血脉，传承红色基因

续写马克思主义中国化时代化新篇章

斗　　争

中国共产党和中国人民

在斗争中成长

在斗争中壮大

敢于斗争、善于斗争的革命精神

贯穿于中国革命、建设和改革

直面国际风云变幻

冲破一切艰难险阻

这是每个人耳熟能详的斗争场景

南昌城楼的清脆枪声

金色号角里喷涌的鲜血

井冈山蜿蜒盘旋的挑粮小道

湘江岸边的惨烈拼杀

步步惊心，九死一生

世界有多大

意志的边界就有多远

从于都河畔到延安吴起县

地图上三千余里的行程

中央红军的指战员用脚丈量

血染的旗擎在手中

爬雪山、过草地

三百八十余次激烈战斗

一走就是二万五千里

善于和土地打交道的人

知道什么适合种植和生长

知道植物能够喂养生命

亦能让生命绽放光芒

譬如小米、秸秆、毛竹、棉花

翠绿的、金黄的、洁白的植物

在布尔什维克手中艳丽如花

小米，与雪山冷雪、草地沼泽

与一支小小的步枪结合

飞机大炮瞠目结舌

秸秆，赤脚套上秸秆编织的草鞋

履带车轮望尘莫及

纺车飞旋，丝丝棉线

织成八角帽和猎猎招展的旗

让武装到牙齿的敌人不寒而栗

毛竹，充满力量感的毛竹

制成一根坚韧的扁担

那些曾经瘦弱的肩头

硝烟反复炙烤、渗血、结痂

变得宽厚结实

勇敢挑起红色的中国

崎岖的山路，泥泞的大道，宽阔的原野

健步如飞

土地阡陌纵横，繁花盛开

光辉的历程

一走就是一百年

每个大国崛起

总会引起国家间碰撞

每个民族复兴

总会遇到干涉者阻挡

进入新时代，走上新征程

我们前所未有地靠近世界舞台中心

中华民族伟大复兴的梦想触手可及

风险与挑战也接踵而至

敌对势力亡我之心不死

无所不用其极

中国共产党领导各族人民

把握斗争规律

增强斗争本领

政治打压——

我们广交朋友，"一带一路"的花环上

结出人类命运共同体的累累硕果

经济封锁——

我们自主创新，科技强国

世界第二大经济体的辉煌令人瞩目

文化入侵——

我们以东方古老文明和中国智慧

让世界看到社会主义制度的盎然生机

军事挑衅——

我们强军备战，果敢亮剑

国产巨舰列装，新型战机量产

海疆卫士冲出岛链

深入远海维权

面对具有新的历史特点的伟大斗争

中国共产党和中国人民更加自信

我们依靠斗争走过昨天和今天

必然会依靠斗争赢得未来

人　民

自诞生之日起

中国共产党的宗旨和目标

就是为多数人的解放和幸福

是否心系人民

是衡量无产阶级政党最根本的标尺

也是辨别真假共产党人的试金石

新华门照壁上

"为人民服务"五个大字

金光闪闪，从不褪色

江山就是人民

人民就是江山

人民至上的理念

从战争年代延续至今

开国大典

毛泽东同志在天安门城楼高呼：

"人民万岁！"

邓小平同志面对富强起来的中国

真挚告白："我是中国人民的儿子，

我深情地爱着我的祖国和人民。"

新时代新征程

党的核心、人民领袖、军队统帅

同样具有深厚的人民情怀

"民之所忧，我必念之；

民之所盼，我必行之。"

中国共产党根基在人民

血脉在人民

民心是最大的政治

坚持以人民为中心的发展思想

把人民对美好生活的向往

作为奋斗目标

正是党和人民血肉相连

老百姓获得感成色更足

幸福感更可持续，安全感更有保障

这种感觉是阳光温暖人心的感觉

温暖，是的，温暖

生活里的温暖俯拾即是

正如冰冷的雪让炭火显得更温暖

相比一百年前的人们

如今无须高举游行的火炬

激昂的标语

刺向反动派的刀枪

温暖却如春天常驻人心

温暖的感觉，多么好

温暖是一种日常家居的自然形态

是一种向往美好生活的质朴之爱

当扶贫攻坚的捷报从贫困山区传来

我感受到温暖

当麦田里的耕耘者直起腰来歌唱

我感受到温暖

当枕戈待旦的子弟兵让子弹呼啸

我感受到温暖

当八方游客随手拍下迷人的笑脸

我感受到温暖

当志愿者为疫情隔离者

推来装满生鲜货品的小车

我感受到温暖

当老师轻点黑板拨开思维迷雾

当热心的大妈为迷路人详解路径

当快递小哥准时按响门铃

当广场舞炫出男女老少的风采

当退休老人在街边安心享受阳光

当小朋友鼓起腮帮子吹出七彩的泡沫

当一幕幕日常生活的场景

像空气和阳光环绕我

我感受到温暖

是的，温暖

温暖来自可以燎原的星星之火

来自铁锤与镰刀的碰撞之火

火的温度在一双双手上传递

火的温度在一颗颗心上累积

人民需要生命的火

人民需要生活的温度

当人民的掌声响起来

当澎湃的心跳擂响新时代的鼓

我感受到的温暖

就是一条奔涌的大河

就是不可阻挡的磅礴力量

这是无比自信的河流

它波澜壮阔

这是民族复兴的伟力

它一往无前

因为中国共产党和中国人民

同呼吸、共命运、心连心

献　礼

党的二十大，开启又一个百年新征程

站在新征途的起点上

历史、现实、未来的数轴

闪烁一根根金色射线

历史的智慧有多深

未来的梦想就有多远

一切取决于

起点的定位和出发的方向

我们是党缔造的人民军队

人民军队忠于党

从来以党的旗帜为旗帜

以党的方向为方向

以党的意志为意志

浴火重生的强军路上

作为一名光荣的解放军战士

我们拿什么献礼党的二十大

当然是忠诚，忠诚信念与使命

还有向党汇报的炽热的心和誓言

南海前哨的水兵

把劈波斩浪的第一抹朝霞献给您

朱日和的钢铁集结

把铁甲战车第一声轰鸣献给您

莽昆仑的远火集群

把精确命中的第一个瞬间献给您

高原上的新型战机

把自由驰骋的第一张靓影献给您

大漠深处的大国重器

把"东风快递"的第一幅图画献给您

而我，站在天安门广场

仰视鲜艳的五星红旗冉冉升起

把我心中的赞歌和回荡广场上空的

第一声长口令献给您

"敬礼——"

附录

吹角连营

五绝　西线

卧榻听疏雨,

开轩放晓晴。

悠悠飞白羽,

念念守龙城。

五绝　南海

沧海风云起，

寒儒义愤生。

凭窗谋对策，

落笔滚雷声。

五绝　京城暴雨

之一

大雨围京阙，

洪涛入暮云。

千军驰一线，

赤膊建功勋。

之二

雨暴惊雷去，

堤宽骇浪归。

未平天下事，

岂敢解征衣。

五绝　静夜思

明月天山外，

荻花野渡开。

初霜栖桂树，

宿鸟对窗来。

七律　从军行

大漠风烟征鼓急，

挽弓执戟少年行。

三牌楼外青灯暗，

四九城中冷月明。

心有霞光催玉漏，

指无遗力扣金筝。

老兵梦忆沙场事，

铜号声声慰此生。

七律　江湾

长河落日问人寰，

雾锁神州百事艰。

上下同心精破隘，

东西合璧巧开关。

香江拍岸荆花静，

洪水归川稻黍闲。

梦里徘徊风雨夜，

元知此处是江湾。

七律　郑州大水

流星破壁银河漏，

激水穿云灌豫都。

纵使易寻安阙策，

奈何难觅补天图。

滔滔巨浪平仓粟，

阵阵狂风捣酒垆。

幸有军民同患难，

人间大爱暖归途。

七律　回乡偶书

回归故里叙乡情，

挚友邀余走北城。

旺火添薪香扑鼻，

油灯拨捻亮盈罂。

茶通瘦骨三焦顺，

酒润枯肠六腑清。

绿水青山多秀美，

轻声细语至天明。

七律　赠友人

斑竹无心执手难，

匏樽有意尽清欢。

幽林曳杖思沧海，

曲水流觞洗墨兰。

西蜀琴坊迷楚客，

东坡酒肆醉诗官。

南窗冥想边廷苦，

未著征衣怎晓寒。

七绝　阳春有雪

京城三月风声急，

夜色如灰雪似沙。

为恼天仙留醉客，

唤来青鸟散桃花。

七绝　元宵

手执一壶青杏酒，

三阳盈室暗悲秋。

荡胸尽是风云气，

细柳千丝绕白头。

七绝　杏花开

是谁独立小窗外，

水墨丹青倩影来。

纤手含羞初折柳，

与君却话杏花开。

七绝　端午

之一

芒种禾秧泛碧涛，

美人香草咏离骚。

一朝踏浪挥纤手，

便是临风点玉毫。

之二

我抚桐琴酹浊滔，

君牵老马洗青袍。

千丝万缕风尘絮，

暮咏朝歌日月旄。

之三

云飘细雨笼寒烟，

我棹孤舟绕忘川。

纵使诗魂离苦海，

秭归故里有谁怜。

七绝　新时代

庭前青鸟落枝头，

岭上山花隐箭楼。

九九春秋多少事，

捻须欢喜舸争流。

卜算子　故国行

　　我掷定盘星，日月悬空静，急射轻舟三千里，不见离人影。柳岸冬复春，蝉噪何堪醒。长忆沉浮家国事，雁过潮声冷。

少年游　从军记

　　荷戈负重走西京，挥汗捋红缨。细数星光，纵情叠岭，豪气向天倾。携笔端砚观山景，旗展写丹青。前路遥迢，立身顾影，抖擞觅新程。

鹧鸪天　病中吟

病起兰秋风薄寒，回眸故垒意阑珊。辕门马啸惊烽火，渡口莺啼恸杜鹃。莫惆怅，且挥鞭，长缨在手快翻篇。人生何必迷痴梦，只把轮台作九天。

青玉案　夜思

　　金英似掌承天露，漏声断，青灯暮。玉盏金
盅先醉去，庭阶檐下，回廊锁雾。谁问人归处？

　　欲开还落花期误，惆怅盈怀怎停箸？纵有离
殇千万句，兼葭在水，霓裳轻舞。极目潇潇雨。

后　记

　　我被现代诗歌吸引，是 30 多年前的一个傍晚。那天，我打开红灯牌收音机漫无目的地选台，突然听到中央人民广播电台播送的配乐诗歌。慢板的钢琴，深沉的嗓音，忧郁的诗句，让年轻的我瞬间产生代入感。

　　我以前只是喜欢唐诗宋词之类的古典诗赋，对现代诗歌并没有太多认识，从那个夜晚之后，我便喜欢上现代诗，买了很多那个年代流行的诗集诗论，还报名参加了诗刊社的函授学习。以后我考入南京政治学院新闻系，又在解放军艺术学院文学系、国防大学军队政治工作系学习，视野开阔了些，对诗歌的认识也随之加深。尤其是报刊编辑老师以及参加文学笔会认识的一些诗坛师友，总是以不同方式对我提携指导鼓励，让我逐渐看清和接近诗歌殿堂的门槛。

但是，由于工作性质的特殊性，我无法登堂入室，成为专业的创作者。即使业余创作，我的精力也放在小说、散文、报告文学上，写诗始终是一个奢侈的爱好，所以至今我也不敢以诗人自居。在我心里，诗人这个称谓太高贵，是读者对创作者的一种由衷的肯定和赞美，而我的能力和水平不足以和与它发生关联。30年来，我发表了一些诗歌，朋友们看到后一再建议我结集出版。犹豫再三，我把以往发表在《解放军报》《中国国防报》《诗歌月刊》《诗选刊》等报刊的诗歌汇集起来，从中挑选了一百首。这真是一个荒率而不成熟的决定，因为这些作品谈不上诗歌艺术，它只是记录了我成长的轨迹，对人生和社会的态度。这些诗句总体来说是记录军营生活的，我把它归类于军旅诗，起了个"金铜花瓣"的书名。

军旅诗源于军事活动和军人生活，其思想内核则厚植于中华传统军事文化。历史地看，军事文化的核心是战斗性，是"孰知不向边庭苦，纵死犹闻侠骨香"的无悔奉献，是"孤胆身居虎牢地，万分炽热在胸中"的无畏胆识，是"男儿深知国恩重，战死沙场是善终"的无上光荣，是"愿以我血献厚土，换得神州永太平"的无私情怀，同时又是"有灵魂、有本事、有血性、有品德"的当代军人价值追求。我长期在总部机关工作，既从宏观上感受到强军兴军步伐的波澜壮阔，也从微观上体察到部队练兵备战的生龙活虎。这些或耳闻目睹，或深度参与的生活战斗场景，自然如汛期的河流不断冲刷我的灵瑰，使得我的诗歌天然带有强军制胜的士兵味道和家国情怀。对此我从不怀疑。当然，军旅诗创作广涉战争、和平、相思、爱情，但无论题材如何，我都不会远离军队的历史与现实，而去主观臆造一种生活状态，虚拟一种哲学思考，甚至宣扬一种暗黑颓丧的暴力文化。

我写军旅诗是有读者目标指向性的，那就是为战士而歌，为关心国防军队建设者而歌。这个思想基点和逻辑起点，让我的创作远离玄幻和炫技，而去追求一种现场感、画面感、动态感，直奔主题，直抒胸臆，力求以一种中国式军事文艺的美学风范，寻求读者的共情共鸣。我比较认同古人所说的两句话，一句是好诗大都"平白如话"，另一句是好诗不过近人情。

白话就是一听就明白的话，最大的特色是灯下家常，话里话外、情节细节，通俗易懂，绘声绘色，听起来有趣，品起来有味。近人情则是通情入理，诗者的最高技巧恰恰不是技巧，而在对情感敏锐辨识、即时捕捉，以及缓慢醇化和释放。它要求作者对情绪波动和自然变化高度敏感和准确识别，所有这些又都基于性情，没有人的性情，也就无所谓人情了。诗歌写得既深奥又精妙不容易，写成白话而美妙且通人情也非易事。在这方面，我的双重努力并不能遂心如意。

诗歌从来都是最高级的文体，能使母语充满智慧和音乐性。一个国家和民族的价值观和语言的流动性，都集中在民众广为流传的诗歌之中。诗把最美的词汇和表达创造出来，民族语言因此新鲜而不僵化。

如果文学是一座高大的殿堂，诗歌便是穹顶上让阳光照耀大堂的天窗。诗高级了，文学殿堂明亮辉煌；诗堕落了，意味着文学殿堂的穹顶开始坍塌。

时代需要诗歌，大众需要诗歌，军营需要诗歌。同时，诗歌也需要读者和社会。无论中西方文明如何激烈冲撞，无论人们对美的认识如何不同，诗歌仍然

是一种最美好的语言。每个人的内心深处都有一个诗意的栖居地，盛开着美好的梦想。这个梦想只有诗意的语言能更好地描绘。没有诗意的梦想，未来无所期望。诗也许不能给人带来物质或创造物质，不能改变任何事情，更不可能人见人爱，但诗能让人诗意地生活下去，让人身处逆境时能重组情绪、改善心情，能让一个卑微的生命活得高贵、富有尊严。我们需要脚踏实地，也需要仰望星空，而诗歌表现的世界，就是我们内心希望看到的一片纯净星空。

我的师友对这本诗集提出了宝贵建议，诤言挚语让我获益良多。莫言老师欣然为诗集题写书名，回想他的一路提携，让我很是感动。鲁迅文学奖获得者、诗人刘笑伟为本书作序，鼓励有加，其中溢美之词，让人惭愧。出版社张馨禾老师为此书付出了很多心血，在此一并致谢！

我是军旅歌者，征途的天空中纷扬着金铜花瓣，面对新时代，我不能停止歌唱。

程文胜　后记

2024.4